W0218033

La religion de ma mère

Karim Akouche

Dépôt légal : premier semestre 2017
ISBN : 978-9931-572-05-03
© Éditions Frantz Fanon, Tizi-Ouzou
01, Coopérative Horizon 2000,
Cité Mohamed Boudiaf N-Ville,
15 000 Tizi-Ouzou, Algérie
00(213)55239713

© Éditions Michel Brûlé, Québec, 2017
ISBN 978-2-89485-687-1

Mise en pages : Marquis Interscript
Révision : Patricia Juste
Correction : Michel Brûlé
Illustration de la couverture : Hassane Amraoui

KARIM AKOUCHE

LA RELIGION DE MA MÈRE

roman

EDITIONS FRANTZ FANON

Le sommeil de la raison engendre des monstres.
Eau-forte (1797-1798), Francisco de Goya

Écrire, c'est coudre ses blessures avec la pointe de son stylo.

Celui qui dit je *n'est pas l'auteur.*

1

Je suis au lit. La fille s'esclaffe. J'embrasse ses pieds. Elle se touche les seins. Elle soupire. Le téléphone retentit. Il tue l'amour. C'est frangin qui appelle. Ma mère n'est plus. L'enterrement, c'est dans deux jours. J'ai le vertige. Mes jambes vacillent. Je transpire. Je vais à la salle de bains. La fille me serre dans ses bras. Elle me pose des questions. Je ne réponds pas. Je tire un livre de la bibliothèque. Les mots m'échappent. Je brise un stylo. J'ai envie de pleurer. Je ne peux pas. C'est une habitude chez moi : quand je suis triste, je tremble et je me tais. Comme un hérisson, je rentre dans ma carapace. Faut surtout pas me déranger. Je pique. La fille comprend. Elle se rhabille. Elle me dit au revoir. Tant mieux. Je veux rester seul.

Il fait un temps stupide. Les mouches ont disparu. Les cigales ne chantent plus. Le soleil est craintif. Il rougit au lever. Il gémit quand il rend l'âme. Il se nourrit de sa quête absurde.

Ce pays n'est pas mien. Il est pour le froid. Il est pour les solitaires. Il est pour la souffrance.

En face, il y a des tombes. Sur les tombes, il y a des croix. Sur les croix, il y a de la glace. Sous la glace dort la cendre. Un corbeau sautille. Un chien glapit. Un écureuil grimpe sur un érable. Dans un coin discutent des vieux. Ils sont vêtus de noir. Ils portent des chapeaux et des bottes. Tant de sujets à ressasser : l'au-delà, l'ami qui s'en va, la maladie qui guette, Dieu qui châtie, le temps qui fuit. Ils déposent des chrysanthèmes et des roses. Comme des bisons, ils sont lourds et tristes.

L'exil est un fleuve en crue. Il charrie dans ses vagues la mémoire des enfants.

Je prends une gorgée de vin. J'allume une cigarette. Je regarde le portrait de ma mère : les cheveux ramassés dans un tissu, le front plissé, les lèvres fragiles, le regard profond. Chaque ride est un conte. Chaque ombre, une tragédie. Chaque lueur, un regret. La mélancolie est douce. Je ferme les paupières.

Plus jamais je ne baiserai le front de ma mère.

2

L'interphone sonne. J'ouvre. C'est mon ami Ronald. Il est en sueur. Je suis gêné de l'avoir dérangé. Il a dû interrompre son cours de piano. Je me confonds en excuses. Il m'enlace. Sa voix est enrouée. Il retient ses larmes. Je lui donne un calepin. Je lui indique des numéros. Il avertit mon patron. Il appelle une agence de voyages. Je sors ma valise. Il me dit qu'elle est vieille. Je souris. Il m'oblige à prendre des vêtements neufs. Il me met du parfum. Il me tend une brosse à cheveux. Ce n'est pas la peine. Il me coiffe. Je rechigne. Il insiste. Je le laisse faire. Je me souviens quand j'étais enfant: avec un peigne édenté, ma mère me défaisait la tignasse et y cherchait des poux, tandis que, moi, chouchouté mais espiègle, je feignais d'avoir mal. Je me souviens de la crise que j'ai piquée le jour où ma mère a tenté de me laver le corps alors que je revenais crasseux d'une partie de foot. Elle s'est jetée sur moi, m'a déshabillé de force et m'a plongé dans une bassine. Mon Dieu, que j'ai sangloté! Quelle offense, ma mère avait vu mon sexe ! C'était un crime d'honneur. Il fallait le laver. En me débattant, la mousse du savon aidant, j'ai réussi à m'échapper. Dans la cour, je me suis roulé dans la poussière. Je réclamais les gendarmes pour qu'ils viennent arrêter ma mère. Le soir, après avoir boudé le dîner, j'ai dormi dans une valise.

Maintenant, après tant d'années d'errance, cette vieille valise me sert encore de bagage. Où que j'aille, je la traîne. J'y ai caché mon enfance, mon insouciance, ma rage et les parfums de ma mère.

Les temps ont changé, les histoires aussi. Je me suis trompé : les gendarmes ne sauvent pas les enfants. Ils ont débarqué un printemps dans notre montagne, et ils ont tué plus de cent trente jeunes innocents.

Adieu ma mère, adieu mes frères, adieu mon pays.

3

Ciel terne et délavé. Je n'aime pas mars. C'est un mois bâtard. Il ne veut pas choisir son camp. Il tergiverse. Il fait soleil, puis il pleut, puis il vente, puis il neige, puis il merde.

Je suis dans la voiture qui me conduit à l'aéroport. J'observe la photo de ma mère. Je mords dans une cigarette. Ça desserre le cœur et ça pourrit les poumons. Tout cela est vain. Mais c'est déjà une parade. Diluer le chagrin est la prouesse des enfants perdus. Même si le temps rame, la douleur deviendra céleste. Elle s'évaporera.

Je la revois, ma mère, vêtue de sa robe bariolée, en train de dessiner des motifs sur une poterie. Elle a le sourire vague et les dents qui scintillent. Elle a le nez fier et le menton qui défie. Sur son cou, un tatouage suspect : une salamandre. Sur ses paupières, des étincelles. Dans ses yeux, des braises. Les étoiles, c'est ma mère qui les a dessinées. Le soleil, c'est ma mère qui l'a lancé sur les montagnes.

Une ride lui griffe le front. C'est comme une couture, une ride. C'est une marque de sagesse, disent les misérables pour se consoler. Balivernes! Demandez l'avis des va-nu-pieds et vous entendrez leurs confidences. Vous récolterez grimaces et jurons. Le ventre vide ne chante pas. Dans la tête étourdie cogne souvent la douleur. Heureux, ceux qui, enfants pauvres, n'ont pas croqué des racines et des glands. C'était presque du luxe, les caroubes, les pissenlits et les orties que nous donnait ma mère. Elle s'en allait les cueillir dans la lointaine forêt où les chacals et les ogres des légendes vivaient en meute. Mon frère, ma sœur et moi, trois gringalets, les doigts agrippant la couverture effilochée, les orteils engourdis, attendions son retour.

Ah, qu'elles étaient bonnes, ces arbouses et ces mûres qu'elle nous mettait dans la bouche!

Aujourd'hui, je donnerais mes yeux pour manger des fruits des bois de ma mère.

4

Recroquevillé sur un banc de l'aéroport, j'attends mon tour pour entrer dans le rapace mécanique. Les hôtesses, je ne les aime pas. Elles sont grimées. Elles ont les cils soulignés et les pommettes fausses. Elles n'ont pas la rusticité de ma mère. Les gens ont la mine racornie. Mais ils rient. Jaspinent. Se regardent. Ils pianotent sur des écrans. La technologie en a fait des automates. Ils jouent. Et ils ne pleurent pas ma défunte mère. À ma gauche, une dame feuillette un journal en grognant. Je ne sais pas ce qu'elle a. A-t-elle perdu son chat ? Je n'en suis pas l'assassin. Avant, si. Enfin, pas tout à fait. C'était presque. Je voulais prendre soin d'un chaton orphelin, mais je l'ai tué. C'était un accident. Je le confesse. C'était pendant un été caniculaire. Il avait faim et soif. Je l'ai trouvé mourant dans un fossé. Je l'ai apporté à la maison et l'ai attaché au pied d'une vigne. Je voulais m'occuper de lui. Je ne voulais pas qu'il reparte vagabonder sur les routes. Les chauffeurs sont des criminels. Ils n'ont pas de pitié pour les bêtes. Maladroit, j'avais mal noué la ficelle. J'en avais fait une potence. Le chaton, en essayant de se sauver, s'est étranglé. Tout bêtement, il s'est donné la mort. Le lendemain, c'est ma mère qui a découvert le cadavre. Elle est venue vers moi en pleurant. Elle m'a accusé de ce crime que j'ai nié. J'ai mis la faute sur le dos d'un voisin. Et ma mère m'a cru. Elle est allée chez les parents de l'accusé et les a exhortés, pour racheter le crime de leur rejeton, à faire offrande de cent kilos de sel.

Ma voisine se racle la gorge. Ça dérange le repos de ma mère. Qu'elle se taise et annonce le décès de son chat dans la rubrique nécrologique du journal de son quartier ! Ce genre d'écrits console. Ça fait réfléchir les solitaires. C'est une œuvre civique. Ça détend les vieux qui meurent d'ennui dans les asiles.

Sur mes genoux, la photo de ma mère. Elle est abîmée par mes larmes. Je l'étreins comme on caresse les joues d'un nourrisson. Discrètement. Je ne veux pas éveiller les soupçons. L'amour d'une maman, c'est intime. Ça se tait. C'est tabou. On n'a pas le droit de déclarer sa flamme à sa mère. Ça fait brûler les coutumes. Ça perturbe le sommeil des aïeux. Et ça fait travailler les psychologues.

J'aime ma mère et je ne suis pas en mission. J'assume. Le prosélytisme, c'est l'affaire des exaltés. Ils ont raison. Au moins, eux, ils croient à l'arrière-monde, aux vierges et aux rivières de vin. Quant aux autres, les vaincus, ils croient à leur bêtise. C'est triste. Le fatalisme ne tue pas. Il honore les salauds. Je divague. Je ne comprends pas ce que je pense. Je suis incertain. Je flotte. Je viens d'un peuple mystérieux. Il refuse de mourir. Il vivote comme les oiseaux de passage. Il résiste aux tourbillons des légendes. L'histoire n'est pas l'alliée des vaincus. Elle est la concubine des puissants.

Je me surprends à rire. La dame froisse son journal. Elle bâille. Elle a sommeil. La politique, ça se digère mieux que la disparition d'une mère. Même si on nous ment, même si on nous vole, nous opinons du museau comme des caniches. Nous sommes tous abusés par Machiavel. Nous sommes menés au fouet. Nous sommes des agneaux. Le berger, c'est la Loi. La sainte loi de la vie et des États. La société est un grand tribunal et ce sont les imbéciles qui mènent les plaidoyers.

Les mots s'enfuient comme des balles perdues. Ils s'éteignent dans le brouillard de ma tête. Je ne sais pas ce que je dis. Mais qu'importe. Je dois apprendre à meubler le vide.

Maintenant que je n'ai plus ma mère, il n'y a pas d'innocents, tout le monde est coupable.

5

Du hublot, je vois défiler les nuages. C'est primitif. C'est austère. Mais c'est comme ça. Ici, je suis près de Dieu. Je veux qu'il ressente ma peine. Cela fait un jour qu'on m'a ravi ma mère. Lui, indifférent, caché dans sa tanière céleste, il médite. Chacun ses soucis. Lui s'en fout. Je ne suis pas son seul rejeton. Les passagers dorment. Un tissu sur le corps. Un bandeau sur les yeux. Le sommeil est leur refuge. L'exil, leur naufrage. Le rêve n'attend pas les fainéants. Il appartient à ceux qui sarclent, qui suent, qui labourent. Mais ils ont choisi leur camp : celui de la lâcheté. Qu'ils se lèvent et disent adieu à maman ! Ça ne coûte rien. Ce ne sont que des mots et c'est gratuit : je ne facture pas l'amabilité.

L'hôtesse parle dans les langues de Mahomet, de Rousseau et de Faulkner. Mais pas dans la langue de ma mère. Elle a raison. Je ne lui en veux pas. L'Algérie a perdu son âme. La Kabylie, son cœur. Ma mère est ignorante. Les Arabes l'ont dit. Les Français l'ont écrit. Folklore, qu'ils jugent. On ne dit pas d'un Berbère qu'il est intelligent, mais beau, chaud, pimenté. Comme l'homme qui fait la cour à une fille. Il ne veut que la chair. L'esprit, il n'en a rien à gratter.

C'est vrai, ma mère n'est jamais allée à l'école. Elle n'a pas inventé la bombe atomique. Elle ne sait pas épeler son nom. Elle bêche, sème, pétrit l'argile. Elle ramasse les olives, lave le linge. Elle sait aussi rouler du couscous et puiser l'eau dans la fontaine. Parfois elle dit des poèmes. C'est curieux, elle ne les a jamais consignés. Elle les sait par cœur.

Je me souviens, lors du mariage de ma sœur, elle en a récité une dizaine. Alors que j'étais en train de filmer tantes et oncles, elle s'est placée devant l'objectif et s'est mise à déclamer. Elle nous a pris au dépourvu. Personne auparavant ne l'avait vue en transe récitant ses propres vers. Les mots, incisifs, jaillissaient de sa bouche. Mon père qui nous avait abandonnés et les gens du village qui la dénigraient en ont pris pour leur grade.

La langue de ma mère est cette langue naïve, mais belle, mais folle, mais pure. La langue de ma mère ne triche pas. Quand elle explose, elle blesse. La langue de ma mère a l'âge de sa verve et l'innocence de sa beauté.

Maintenant que ma mère s'est tue, je fais le serment de graver sur sa tombe le plus beau de ses poèmes.

6

Assis à ma gauche, un vieux cacochyme ronfle. À la moindre turbulence, il bat des paupières. Quelquefois, il se met à trembloter. Pour se calmer, il s'introduit un appareil dans la bouche. Il s'oxygène. Dans ce monde, on a tout inventé : le suppositoire, le satellite, le sous-marin, le drone, le bikini, le kamikaze. On a tout créé. Sauf le vaccin qui éradiquera la bêtise. La peste, ce n'est plus le rat qui la propage, mais l'homme. Pour tuer le virus en lui, il faut lui piquer la fesse. Ou le cerveau. C'est lui qui crache les sottises.

Ma mère est sage. C'est toujours sensé, ce qu'elle raconte. Pas comme ce vieux qui bave à mes côtés. Drôle de loque. À son âge, il a peur de la mort. Il n'a pas le courage de ma mère.

Je me rappelle les années de sang dans mon pays perdu lorsqu'on enterrait à la pelleteuse. Dans les villages, dans les bourgs, dans les cités, dans les taudis, partout régnait la terreur. Les fous d'Allah tuaient les enfants et violaient les vierges. Les képis et les turbans s'acoquinaient dans les maquis. Au sommet de l'État, les Caligula ricanaient du peuple. Ma mère, pour nous protéger des barbus, dormait avec une hache. Mon frère jumeau tenait un pistolet rouillé. Moi, une barre à mine. J'avais quinze ans, j'étais déjà initié à l'art de la guerre. Combien de fois les lieutenants d'Allah ont traversé le village, chaussés de bottes puantes, sans oser cogner à notre porte ? Bien qu'armés de fusils à canon scié, ils avaient peur de ma mère. Elle les aurait tous trucidés, ma reine des montagnes, ma Jeanne d'Arc africaine.

7

J'allume l'écran devant moi. Je choisis un match de foot. Je regarde la finale de la Coupe du monde de 2006, quand la France a perdu contre l'Italie. Je vais vers la fin pour revoir le coup de boule que Zidane a donné à Materazzi. Boum ! Je m'esclaffe. L'Italien a insulté le Français. Enfin, le Kabyle. On ne touche pas aux mamans. C'est sacré.

Le match repart après un arrêt de jeu. J'envie ces joueurs qui tapent dans le ballon. Il est à moi. Je le réclame. C'est mon père qui me l'a acheté. J'avais dix ans lorsqu'il me l'a apporté de Paris. Il l'avait caché dans sa valise et il est reparti avec. J'avais eu le tort de voler sa pomme. J'avais faim et ce fruit était un luxe pour moi. Mon géniteur m'a grondé. Je me suis enfui dans les toilettes. J'ai jeté la pomme dans le trou. Il m'a sommé de la ramasser. J'ai refusé, malgré les gifles et les coups de pied que je recevais aux côtes. Perdant son sang-froid, il a failli m'achever. C'est ma mère qui a plongé une main dans la merde et a repêché la pomme.

En prenant ma défense, elle a commis un crime de lèse-majesté. Elle est devenue le tambour de mon père. Avec un balai, il lui a brisé deux doigts et lui a amoché un œil.

Puis mon père a offert le ballon à un gavroche. Et moi, fils d'une âpre montagne, j'ai été privé de jeu. Je me suis retrouvé seul dans la basse-cour où j'ai pleuré en observant les poussins de ma mère. Ils étaient si délicats, si fous, si doux dans leur fragilité. Leur maman caquetait. Elle avait peur de la genette. Peut-être de moi aussi. J'ai compris. Il fallait que je rentre. J'avais également une mère. Je l'ai trouvée à l'ombre d'un figuier en train de coudre une peau de mouton.

C'est pour te faire un ballon, mon chéri.

Les ballons, ça se gonfle. Il te faut une vessie.

C'est quoi, ce truc ?

C'est une boule élastique qu'on met à l'intérieur du cuir.

Ce n'est pas nécessaire. On y mettra du foin et du papier. C'est facile.

Tu crois ? J'ai dit à mes amis que j'avais un vrai ballon, un Adidas. Ils verront que le tien est un faux. Non, je ne veux pas de ton ballon. Ils se moqueront de moi.

Ma mère a lâché la peau et l'aiguille. Elle m'a conduit dans son atelier de poterie.

Sois patient, mon ange. Quand ces objets seront vendus, je t'offrirai non seulement un ballon, mais aussi des baskets et un short.

À Montréal, chaque fois que je me retrouve dans un magasin de sport, je m'achète un ballon. J'en ai une trentaine dans mon appartement. Cela n'a jamais suffi à me consoler de la vieille punition.

8

Maman, attends-moi. J'arrive. Je veux chatouiller tes paupières. Je veux toucher ton linceul. Il paraît que ce geste soulage les exilés. Depuis plus de dix ans que je ne t'ai pas revue. J'ai fui le pays des vautours et des dégénérés. J'ai opté pour la France, puis, déçu par ses enfants arrogants, j'ai bifurqué vers Montréal. J'ai chaviré au large de l'Amérique.

L'exil, ce n'est pas rien. C'est beaucoup de peine. C'est lourd. C'est épuisant.

Vivre en exil, c'est errer au milieu d'un champ où les fleurs n'ont pas d'odeur.

Les aliments y sont fades et l'eau artificielle n'étanche pas la soif. Le raisin n'a pas de pépins et les pastèques sont dépourvues de graines.

Dis-moi, as-tu changé ? As-tu d'autres rides sur le front ? Tes pommettes sont-elles encore roses ? Tes dents te font-elles toujours mal ? J'ai besoin de le savoir. Je n'aime pas les surprises.

L'hôtesse dit quelque chose. Tout le monde se frotte les yeux. Personne n'a décrit le conditionnement des êtres mieux que Pavlov. On s'étire. On déplie sa tablette. On fait la queue aux toilettes. On chie. Chacun ses envies. On nous sert le petit-déjeuner. Un gobelet de café américain et un biscuit insipide. Mange ou crève !

Il n'y aura pas les crêpes de ma mère. Ni les beignets qu'elle me préparait à l'aube. Finis ses gâteaux aux œufs. Finies ses tisanes. Fini son pain doré. Finies ces odeurs de galette qui s'immisçaient dans mes draps. Finies ces odeurs de feu de bois qui envahissaient notre masure. Finies la menthe enivrante et l'odeur du café. Finis tous ces parfums qui chatouillaient mes narines.

9

Elle tourne, la terre. Elle tourne et le rapace mécanique aussi. En un claquement de doigts, nous sommes passés de la nuit au jour. Les étoiles se sont éteintes et la torche de Dieu s'est allumée.

Ce monde n'est pas sérieux. Il est ovale comme une pastèque pourrie. Telle une mouche, je vrombis autour.

Ce monde ment. Il ne donne pas de bonbons aux enfants.

Je me rappelle lorsqu'on manquait de tout, de lait et de pain. On manquait de couvertures. On manquait de sous. C'était l'hiver et il gelait. Mon frère chapardait des portions de fromage au réfectoire du collège. Ma mère façonnait l'argile. Elle avait des concurrentes dans la région. Une dizaine de femmes faisaient des poteries. Il y avait trop d'offre et presque pas de demande. Il fallait innover et trouver la bonne formule. Je lui ai proposé mes services : dessiner sur ses créations nos vedettes et nos personnages historiques. Elle a aimé l'idée. Je me souviens de cet été chaud où une centaine d'immigrés ont débarqué chez nous pour se procurer ses œuvres. Nous avions gagné la bataille contre la faim. Avec l'argent engrangé, nous avons acheté du lait, du sucre, de la semoule, des dattes et des mandarines.

Nous formions, ma mère et moi, une équipe qui gagnait. Pour un bout de temps, nous avions damé le pion à la misère.

10

Ma mère aimait l'eau. Ma sœur à son bras, elle s'en allait très tôt à la fontaine. Elle remplissait une amphore. Elle en lavait les parois avec les feuilles capiteuses du lentisque. Quand j'ai eu six ans, elle m'a habillé d'un tablier, m'a sanglé un cartable aux épaules et m'a conduit à l'école. Au sortir de la maison, elle m'a aspergé d'eau bénite en balbutiant une formule incantatoire. Elle m'a dit : *Aman d laman, llakul d tukksa n wurfan.* (L'eau, c'est la foi ; l'école efface la misère.)

Elle n'était pas religieuse, ma mère. Elle se disait musulmane, en réalité elle se comportait comme une païenne. Elle avait l'habitude d'embrasser le tronc de l'olivier saint du village. On prétendait que s'y cachait un patron aux pouvoirs magiques. Au pied du vieil arbre, elle allumait des bougies. Elle déposait des pots votifs, des beignets et des pièces de monnaie que nous chapardions la nuit.

Ma mère priait Dieu avec ses gestes. C'est avec ses mots qu'elle célébrait l'esprit des ancêtres. Sa Mecque, c'était sa terre. Ses prophètes, c'étaient ses enfants.

Je me rappelle ce qu'elle a répondu à mon frère lorsqu'il lui a fait remarquer qu'elle priait dans la direction opposée à La Mecque : Je prépare le couscous, je surveille la marmite.

En me voyant m'initier à la prière, accroupi, mon front touchant le sol, elle a gloussé de ma naïveté.

Va jouer avec tes copains ! Dieu n'a inventé la prière que pour les croulants. C'est pour qu'ils obtiennent leur ticket vers le paradis.

J'ai plié le tapis et rangé le Coran. Si tous les Algériens avaient entendu le conseil de ma mère, ils auraient épargné à leur pays une décennie de sang et de folie.

Je ne suis d'aucune religion, je suis de la religion de ma mère.

11

En traversant le ciel français, j'ai soudain peur. Peur de qui ? De Vercingétorix ? De Clovis ? De Charles Martel ? De Napoléon ? De Pétain ? De Charles de Gaulle ? De *La Marseillaise* ? Peur de mon géniteur, qui vivait à Paris loin de nous ?

Je ne sais pas comment le dire. Je ne veux pas perturber la sieste de ma mère. Mais il faut raconter l'histoire pour panser la blessure.

Quelques jours après l'arrivée de mon père, ma mère a pris des habits sales pour les laver. Dans un portefeuille noir, caché dans un pardessus noir, il y avait une photo. En découvrant le visage d'une femme, elle en est restée estomaquée.

Viens voir ! Ton père vit avec une Française. Que Dieu m'enlève la vie !

Elle s'est écroulée par terre. Je suis allé chercher des glaçons. Je lui ai frotté le front jusqu'à ce qu'elle remue les paupières. Elle a crié en se griffant le visage. Ses sanglots étaient perçants, comme ceux d'une louve blessée.

Ton père m'a trahie. Maudit soit le jour où je l'ai connu ! Je me souhaite la mort.

Plus jamais nos regards ne se croiseront. Plus jamais nos mains ne se toucheront. M'entendra-t-elle en train de la réclamer, de la chanter, de la glorifier ?

La mort est un bateau ivre que tout le monde prendra.

12

Avant d'élire domicile à Montréal, j'ai vécu sept ans en France. Sans papiers, j'ai erré entre l'Auvergne, Toulouse, Strasbourg, Lyon et Paris. Malgré mon diplôme d'ingénieur, j'ai fait la plonge et travaillé dans le bâtiment. J'ai bossé comme agent de sécurité. J'ai fait la cueillette des mirabelles et des melons. J'ai fait les vendanges. J'ai nettoyé des chiottes. J'ai distribué des journaux à l'entrée des bouches de métro. J'ai été concierge dans un asile de fous. J'avais un ami qui s'appelait Mike. Un gitan illettré et patron de plusieurs hôtels. Un gitan qui volait gentiment ses clients.

Je l'aimais, ce Mike. C'était un bandit d'honneur. Un revolver dans la poche, il se curait les dents en chantant La Paquera de Jerez et les Gipsy Kings. Il possédait trois villas à Paris, mais il préférait vivre dans sa roulotte. Il fumait des cigares cubains et, hiver comme été, il portait des pantoufles. Il fréquentait les call-girls, détestait les flics, escroquait le fisc.

Il cachait dans sa Mercedes des sacs-poubelles bourrés de billets de banque.

Je me rappelle la fois où il a dégainé son arme devant moi. C'était pour montrer au veilleur de nuit qu'il venait d'embaucher les deux erreurs à ne pas commettre : draguer sa maîtresse et mettre la main dans la caisse. Je me rappelle aussi le film que je suis allé voir avec lui : *Liberté* du réalisateur Tony Gatlif, un déraciné d'Algérie, de père kabyle et de mère manouche. Une scène de ce film m'a ému. Cela se passe sous le régime de Vichy. Les autorités municipales viennent d'inaugurer des conduites d'eau pour les Tziganes. Un certain héros, le dénommé Taloche, ouvre le robinet et voit l'eau s'écouler. Abasourdi, il s'enfuit dans l'escalier. Pour les Roms, peuple voué au nomadisme, l'eau doit couler dans les rivières. On n'a pas le droit de l'emprisonner dans des tuyaux.

Maman, comme il te ressemble, ce fou de Taloche ! Je me souviens de ce conseil que tu m'as donné au téléphone pour m'aider à faire face à la misère et à la douleur de l'exil : *Ili-k am aman deg waman* ! (Sois comme l'eau dans l'eau !) Sois libre, mon fils ! Va de l'avant ! Je t'ai répondu sans aucune originalité : Je suis libre comme un poisson dans l'eau. Tu as rétorqué :

Ne sois pas crédule, le poisson n'est pas libre, il ne peut pas vivre en dehors de l'eau. Puis tu as éclaté de rire. Riais-tu de notre peuple qui se dit libre alors qu'il est colonisé depuis les ténèbres du temps ? Ton rire était sarcastique. Ton humour, mordant. J'ai compris depuis : trop de liberté nuit à la liberté. Toi, moi, mon frère, ma sœur, nos vieux, nos ancêtres... nous sommes tous des enfants perdus. Nous nous cherchons des bouées de sauvetage.

Maintenant qu'on t'a coupé les ailes, qu'on t'a enfermée dans une cage, que reste-t-il à la liberté ?

13

À présent, on survole la Méditerranée. L'hôtesse me donne une fiche de débarquement. Je sors mes papiers. J'ouvre mon passeport et ma carte d'identité. Ils sont verts. On les a imprimés à la couleur de l'islam. Les informations y sont en arabe. Je les ai retournés. Froissés. Épluchés. C'est injuste. Il n'y a pas ta langue, ma mère. Ces documents ne nous nomment pas. Ils nous renient. Les autorités ont fait de nous ce que nous n'avons jamais été. Nous sommes des produits vendus au marché de l'ignorance et du mépris. Une fois consommés, nous serons jetés dans le dépotoir de l'histoire. À la naissance, on nous a collé l'étiquette « arabe ». À la mort, nous serons enterrés « musulmans ». C'est *maktoub*. C'est écrit. C'est ainsi. L'Algérie est nourrie au mensonge identitaire. Le mensonge identitaire a engendré l'amnésie. L'amnésie a enfanté la haine de soi. La haine de soi a généré le complexe du colonisé. Le complexe du colonisé a produit les hommes du ressentiment. Les hommes du ressentiment ont accouché des enfants de la violence. Dis-moi, ma mère, qui sommes-nous ? Réponds-moi, je t'en supplie ! Nous sommes tous les autres, mais jamais nous-mêmes. Le passé est lourd. Il est chargé de sang et de larmes. Le présent triche. Il ne veut pas dire sa honte. L'avenir menace. Il promet le chaos.

Je tire un stylo de ma poche. Il n'écrit plus. Il est sec comme mon cœur, vide comme la mémoire de mon pays. L'avion entreprend sa descente. J'entends des cris. Je veux qu'il disparaisse dans le cosmos. Je veux qu'il atomise mon être. Ma chair ne ressent rien. Mon cœur bat à peine. Mon voisin m'observe. Ses doigts s'agrippent à l'accoudoir. Il a peur. Je lui souris. Il me fait une grimace. Je le rassure. Il me dit merci. Je lui emprunte son crayon. Je regarde par le hublot. Je vois des cargos et des chaloupes. Bientôt, Alger se détachera de l'horizon. Mais je ne me fais pas d'illusions. Sa robe sera grise. Sa mine, fausse. Sa voix, dissonante.

C'est mon frère jumeau qui viendra me chercher à l'aéroport. Je le crains. Est-il toujours dépressif? Prend-il toujours du Defanyl ? A-t-il perdu ses cheveux ? A-t-il toujours mal à la tête ? Au cœur ? Au côlon ? Je sais qu'il s'est engagé dans la police, qu'il fait des affaires, qu'il vend des fringues et des parfums de luxe. Il les importe de Chine et de Turquie. Comme la plupart des jeunes, il vend et achète sous la table. Il fait, comme on dit chez nous, du *trabando*. Je sais qu'il s'est marié, mais que cela n'a pas duré. La femme est partie au bout de trois semaines. L'amour, par les temps qui courent, c'est du papier Kleenex. On se marie par intérêt ou pour respecter les traditions. Le jeune doit être dans la fadeur des choses. Il doit faire attention aux ragots. Il ne doit pas heurter la loi des ancêtres. Pendant la cérémonie du mariage, tu as dansé et poussé des youyous. Mais, quelques jours plus tard, tu as failli mourir d'une syncope. Ce sont des choses qui arrivent, ma mère. Toi aussi, tu as été répudiée par mon père. J'ai appris la nouvelle un jour de tempête de neige, deux mois après mon arrivée au Québec. C'est une tante qui me l'a annoncée par téléphone. Ah, que j'ai pleuré ! Après avoir profité de toi, mon père t'a jetée comme une savate. J'ai honte de mon pays. Le code de la famille ne t'a pas défendue. Une sainte barbarie, cette charia !

Attends-moi, j'arrive dans quelques heures. Je viendrai te défendre contre les loups. Je viendrai réclamer tes droits. Je viendrai te venger. J'enlèverai le fardeau que mon pays a attaché à ton cou.

14

Me voici revenu dans mon pays perdu pour mettre ma mère en terre. Je donne mes papiers au douanier. Il enlève une pincée de chique sous sa lèvre. Il la jette sous son siège. Il me toise. Je ne sais pas pourquoi. Il me montre une case. Inscris ton adresse, *Allah yehdik* ! (Que Dieu te montre le droit chemin !) Je m'exécute. Il crache dans sa main. Il balbutie : *Besmi Allah.* (Au nom de Dieu.) Il estampille le document de voyage et me le remet froidement. Je sourcille. Mais je ne dis rien. Je ne veux pas gâcher la fête de ma mère. C'est connu, les services de la P.A.F. n'ont pas de cœur. Ils sont comme des bourreaux. Ils traitent les voyageurs comme des condamnés à mort.

J'examine une carte de l'Algérie collée à la vitre. Les frontières sont artificielles. On les a tracées à la règle. C'est au café Les Deux Magots de Saint-Germain-des-Prés que le général Schneider a baptisé cette terre. La France est la fille aînée de l'Église. L'Algérie est la fille illégitime de la France. *L'Afrique a perdu son Nord.*

Le Nord s'appelle le Maghreb. Souvent, le Maghreb arabe. Il se cherche. Il a les pieds en Afrique et la tête en Orient. Le douanier me gronde. Avance, *ya âabd Allah* ! (Ô fils de Dieu !) Dans le hall de l'aéroport, le raïs nous accueille avec un sourire perfide. Il a les cheveux gominés et les yeux narquois. Au-dessus de ses bras lancés vers le ciel, on a inscrit un slogan : L'Algérie prospérera *bi fadhl Allah* (avec l'aide de Dieu). Une femme voilée tombe dans les bras d'une fille portant un cabas. Elles s'essuient les larmes et échangent des *hamdou Allah* (merci à Dieu).

Le mot *Allah* est devenu la devise algérienne. Il est partout : dans toutes les bouches, dans toutes les têtes, sur tous les murs, dans tous les disques, tous les téléphones, tous les livres, les assemblées, les écoles, les gares, les bordels. On le met à toutes les sauces. On le déverse dans tous les tagines. On le mélange à toutes les épices. On le dit pour être aimable, pour séduire, mais aussi pour corrompre. Untel est violent, il hurle : *Allah* est grand. Un autre est charitable, il chuchote : *Allah* est miséricordieux. Dieu n'espionne pas les Algériens du ciel. Il est parmi eux. Il vit en eux. Il pense à leur place. Il est dans la cuisine. Il est caché dans les institutions et les lois. Il est le guide. Il régit la vie. Il s'occupe des affaires de la cité. Les citoyens sont ses sujets. Il surveille leurs mœurs. Il contrôle la virginité des filles. Il fait la chasse aux mécréants. Il ordonne la fermeture des bars. *Allah* fait la politique. *Allah* est chef de guerre. *Allah* est roi. *Allah* est chez lui en Algérie.

Perchés sur un chariot, deux hommes, accoutrés comme des talibans, mâchonnent des bâtons d'arak. Autour des tables posées çà et là, des gens sirotent un coca, un café, une citronnade. Les uns tuent le temps en tapotant sur des téléphones pendant que les autres ressassent leurs déconvenues en grillant des cigarettes. Ils envoient des messages, des conneries et des blagues à des filles draguées sur Internet. Leur chahut est vain. Leur rire n'est ni gras, ni vrai, ni cristallin. Tout est insipide.

Je me souviens de ma mère lorsqu'elle m'a accompagné à mon premier départ pour Paris. Dans sa robe couleur de printemps, elle était intimidée par la foule. Agressée par les regards torves, et les clameurs qui étouffaient sa voix.

Alger me fait peur, m'a-t-elle confié. C'est bruyant. Il y a trop de camions. Trop de machines. Trop de déchets. Trop de béton. Trop de trafic.

Elle avait hâte de retourner dans son verger. Elle avait hâte de revoir ses plantes, ses chatons et ses poules. Je me souviens de la bouteille de limonade qu'elle a renversée dans un café de l'aéroport. Ne sachant pas aspirer avec une paille, elle a mouillé sa robe. Elle a eu honte de ce qu'elle avait fait. Elle n'a su quoi dire au garçon qui était venu avec un chiffon.

Je vais retrouver ce café, ce serveur et cette table. Ça doit être par là. Oui, c'est là-bas que ma mère a pris la dernière goutte de jus en ma compagnie. C'est là-bas qu'elle m'a donné un coquillage, cette amulette que je porte encore au cou. C'est là-bas qu'elle a pleuré en me suppliant.

Ne fais pas ce que nous a fait ton père. Reviens nous voir plus souvent. N'oublie pas ta sœur et ton frère. Tu es notre soleil d'hiver.

Bouleversé, je l'ai serrée dans mes bras. J'ai brisé le tabou ancestral. Je lui ai dit en public que je l'aimais.

Je traîne ma valise. L'odeur de sel m'envahit. Elle s'immisce dans mon écharpe, dans mon cœur, dans mes failles. Je respire. Je cherche ma mère parmi les ombres. Au milieu de ces chiens qui me dévisagent. Un jeune homme hirsute m'accoste. Il me tend un téléphone. Il est vêtu d'un jogging. Il a de la couperose sur les joues.

Tiens, le Canadien, appelle ta famille !

Je saisis l'appareil. Là-bas, derrière un pilier, j'aperçois des silhouettes. Des jeunes me regardent. On dirait qu'ils m'ont à l'œil. Ici, tout le monde est suspect. Tout le monde m'accuse. Foutez-moi la paix! Je ne suis pas un criminel. Je sors mon carnet. Je compose un numéro. Je tremble. On me dit: C'est hors champ. Il faut rappeler plus tard. Dans ce pays, le temps est suspendu à l'apparition de la lune de l'aïd. Les projets sont dans l'expectative. Les objets sont *made in Taïwan.* Tout est traficoté: la montre, la seringue, le médicament, le vin, le ciment, le carburant, la viande, les chaussettes, l'électricité, l'histoire, l'école, la prière... On a truqué jusqu'aux sourates.

Mirak! Mirak! Mirak! Je suis là!

C'est mon jumeau qui arrive. Je reconnais sa voix. Je redonne le téléphone au gars.

Un billet, mon frère.

Je lui donne un dollar. Il proteste.

Je ne fais pas l'aumône. Je travaille. J'ai trois filles à nourrir. Du lait et du pain à acheter.

Je m'énerve.

C'est toi qui m'as offert ton service. Je n'ai rien demandé.

Il se racle la gorge. Mon frangin sort un billet de cent dinars. Il le glisse dans la main du voyou. Il me tire par le coude.

Allons-y ! Allons-y ! Ici, on n'est pas en Amérique. Fais gaffe, ce pays est un coupe-gorge. Tuer, c'est comme gratter une allumette.

Devant moi marche mon jumeau. Il a la calotte dégarnie. Il est gros et lourd. Il tire ma valise. Deux fraudeurs, des chauffeurs de taxi surexcités, nous abordent dans le parking. Mon frangin les engueule. Il me jette par intermittence des coups d'œil. Il continue de traîner la patte. Ah, qu'il a mal vieilli ! Ses joues sont défaites. Il a les dents pourries. Sur son front, un dédale de rides.

Une jeune fille passe. Elle est habillée d'un collant, et sa tête est cachée dans un foulard. Frangin murmure :

Le haut est pour Allah, le derrière pour Abdellah.

Je souris. Mon jumeau n'a pas perdu son humour.

Au loin, sur un pylône électrique, deux pigeons se bécotent. Je m'engouffre dans la voiture. Je me rabats une écharpe sur les yeux. Puis-je espérer un peu de répit maintenant que ma vie est foutue, maintenant que je m'en vais aux funérailles de ma mère ?

15

Roule, frangin ! Écrase la pédale ! Nous n'avions pas de jouets lorsque nous étions enfants. Maintenant tu possèdes une Renault, fonce ! Joue ! Lâche-toi ! Les nuages sont gris. Les arbres, nus. Les pylônes électriques, tordus. Les terres, en jachère. Les vignobles, arrachés. Les mamelles des vaches, avachies. Le lait en poudre est importé de Hollande. Les puits de pétrole fument dans le désert. Ils veillent sur la paix sociale. L'élite est éblouie par l'argent. Les commis de l'État sont dévorés par l'ambition. La jeunesse est bipolaire. Elle veut le voile et la nudité. Elle veut la cage et la liberté. Parfois elle est kebab, parfois elle est fast-food. Tantôt elle est Europe, tantôt elle est Orient. Roule, frangin ! Écrase la pédale ! Il y a des trous dans le goudron. Il y a des impacts de balles dans les murs. Ils ressemblent à ceux que nous avons dans le cœur. Il y a des tags sur les ponts. Il y a des paraboles sur les balcons. Il y a des militaires partout. Regarde, un troupeau de moutons broute dans une décharge. Regarde, des canettes de bière jonchent le bas-côté. Là, des sacs en plastique se prennent pour des corbeaux. Là-bas, un berger fait ses ablutions devant une horde de chiens.

Roule, frangin, roule ! Change de vitesse ! Pourquoi tu ne dis rien ? Ton silence me tue. Je n'ai pas changé. C'est la vie qui m'échappe. Je ne sais par quel bout la tenir. Complexité cosmique. Grandir, c'est perdre son insouciance par petits morceaux. Ce que l'homme perd en innocence, il le gagne en ruse et en méchanceté.

Cette absence, je la déplore. Je ne vous ai pas oubliés. C'est en des terres étrangères que je me suis égaré.

Frangin rugit :

Tu parles !

Je me tais. Je le crains. Il est fatigué. Il n'a pas pris ses médicaments. Devant nous, un tracteur avec une remorque de bottes de foin. Il nous barre la route. Frangin se gratte la barbe. Il allume une clope.

Pourri ! Je te déboîterai la gueule, espèce de pouilleux !

Il se déporte à gauche, dépasse l'engin dans une manœuvre risquée.

Sur le bord de l'autoroute, des vaches vautrées ruminent. Plus bas, près d'une ferme, un âne en chaleur braille en galopant dans un champ. Non loin, autour d'un marécage, des cigognes pêchent des grenouilles. Je nous revois, frangin et moi, torse nu, chaussés de bottes de caoutchouc, sillonnant la rivière du village à la recherche des grenouilles. Cruauté d'enfants misérables qui avaient faim et qui devaient chasser de tendres créatures pour survivre. Nous en apportions parfois un seau à notre mère. Une fois évidées et épicées, elle les enfouissait dans les braises. Nous les mangions en cachette dans la cuisine que nous fermions au loquet, car c'était mal vu de manger des grenouilles.

Je me souviens de ces temps de disette, lorsque j'étais obsédé par les grives. Au coucher du soleil, je dissimulais au pied des arbres des pièges sur lesquels j'accrochais un appât, une fourmi ailée ou une olive. Le lendemain matin, j'allais voir si j'avais attrapé des oiseaux. J'en revenais souvent les mains vides, tout au plus avec un rouge-gorge, désarmé face à ma mère qui m'attendait à la fenêtre. J'en revenais la tête penchée, honteux de l'avoir une fois de plus déçue. Les autres enfants, certes plus âgés que moi, gâtaient leur maman avec des grappes de ces volatiles mystérieux. Je me rappelle cet hiver où il pleuvait sans trêve. On n'avait ni gaz ni vivres. Pendant plusieurs jours, on a bu de la verveine. Le soir, on mangeait de la farine que ma mère avait tirée de la grenaille destinée pourtant à ses poules. Je me souviens lorsque j'ai brandi devant elle huit grives. Elle m'a serré longuement contre sa poitrine, a versé des larmes sur mon épaule. Je suis allé vendre le butin à la route nationale. J'en suis revenu comblé, chargé de pain, de lait, de chocolat, de fromage.

Frangin négocie un virage.

As-tu faim ?

Un peu.

As-tu soif?

C'est possible.

Il y a un resto-bar clandestin à l'entrée de cette bourgade. On y sert du bon vin.

On y grille des grives ?

Il sourit.

Plutôt des marcassins.

Sérieux ? Mais c'est interdit par la religion de Mahomet.

Que du baratin ! Les hommes de ce pays sont hypocrites. Ils font tout en cachette. Ils achètent des bouteilles de vin dissimulées dans du papier journal. Le mois de ramadan, ils font semblant de jeûner et grignotent des choses dans les toilettes. Le soir, après le repas, ils s'en vont au café du village pour boire du thé à la menthe, croquer des cacahuètes et bander devant des vidéos pas tout à fait islamiques.

Sert-on des cailles dans ce bar ?

Oui, oui, des cailles délicieuses.

Élevées en plein air ?

Oui, élevées en pleine misère.

Roule, frangin ! Accélère ! Notre mère nous attend au village. C'est nous qui lui raconterons des histoires cette fois-ci. Toi, tu lui conteras *Le chêne de l'ogre* et moi, *Le grain magique*. Nous la retrouverons ensevelie dans son drap blanc. Nous nous tiendrons par la main et nous la contemplerons à la lueur d'une bougie. Nous veillerons sur elle jusqu'au premier concert des coqs, à l'aube.

Nous devons lui prouver que nous sommes solidaires. C'est elle qui a dit : Une seule main ne peut pas applaudir. C'est elle aussi qui a déclaré : Un seul bras ne peut pas entourer le tronc de l'olivier.

16

Voici, pauvre mais digne, le village de ma mère. Voici le paradis de mon enfance que les ancêtres ont greffé au flanc d'une montagne d'ardoise. Voici des maisons en brique et des masures en torchis qu'on ne verra nulle part ailleurs. Maisonnettes grignotées par les tempêtes, râpées par les âges, cernées d'oliviers et de cours d'eau bénis. Édifices coiffés de tuiles rouges et de ferraille défiant les nuages.

Au village de ma mère, tout est à sa place. Les morts dorment au cimetière. Les saints protecteurs veillent sur les enfants. Dans le ciel, les oiseaux jouent aux braves. Ils jouent à celui qui ira plus loin. À celui qui chantera mieux. À celui qui décrochera le plus d'étoiles. Les moutons et les bœufs ruminent dans les prés. Les hommes frappent les dominos sur les tables du café. Les femmes puisent l'eau dans les fontaines.

Frangin s'écrie :

C'est ici qu'on m'a barré la route. Comme des sangliers, ils se sont dissimulés derrière ces bosquets. Mais j'ai foncé sur eux. Ils étaient armés de fusils à canon scié, de haches et de poignards. J'ai failli en tuer un. Regarde dans le rétroviseur. Tu vois les impacts de balles sur la portière arrière ? Ils m'ont tiré dessus.

Il me montre un flingue sous sa ceinture.

Avec ça, je ne les raterai pas. Je leur botterai le derrière. Je leur déchiquetterai le qamis.

La violence verbale de frangin me replonge dans les années noires, lorsque le sang coulait chaque jour. Les intégristes massacraient. Les journalistes étaient devenus des nécrologues. Les morts étaient réduits à des chiffres. Les unes des journaux nous glaçaient de cruauté. C'était toujours la même chose. Les carnages succédaient aux boucheries. Les boucheries rivalisaient d'horreur. L'horreur défiait l'apocalypse. Chacun sa thèse. Les uns accusaient les islamistes. Les autres, les militaires. Les uns prenaient les tueurs pour des détraqués. Les autres les tenaient pour responsables. Qui tuait qui ? Qui manipulait qui ? Qui gouvernait qui ? Le pays était divisé. Polarisé. Terrassé. Ensanglanté.

Frangin me donne un coup de poing affectueux.

Tu médites ?

Je murmure :

La guerre est finie.

Il éclate de rire.

Les sales guerres ne finissent jamais. Elles se métamorphosent. Avant on s'attaquait aux journalistes, maintenant on kidnappe les hommes d'affaires. La guerre continue. Le feu couve toujours.

Il me regarde.

Tu dois te méfier même de ton ombre. Les bandits s'attaquent aux étrangers. Ils demandent des rançons.

Je rouspète :

Mais je ne suis pas un étranger !

Tu as changé, frère. Tu n'es plus le même.

Je regarde le ciel. Sa face est froissée. Des gouttes cognent le pare-brise. Il pleut sur la montagne.

De l'autre côté de la rivière longeant la route, des parcelles de forêt sont calcinées. Sur la bande d'arrêt d'urgence, derrière un grillage, on a exposé des carrosses accidentés, des pneus et des pièces mécaniques. Au comptoir d'une gargote, des hommes, fagotés dans des salopettes maculées de cambouis, mordent dans des sandwichs dégoulinant de harissa et de mayonnaise. Sur un panneau de signalisation, on a inscrit un slogan par-dessus une caricature du président. Il a la tête couronnée de longues oreilles d'âne : bled Mickey, bled Tom et Jerry. À l'entrée d'un pont, une fillette vend des pétioles de chardons d'Espagne et des asperges. À côté, un galopin jongle avec une orange. Plus loin, suspendu à une branche, un jeune gratte les cordes d'un instrument rafistolé avec un bidon d'huile de moteur.

Chante, candide, chante ! lui lance frangin.

Au pays de ma mère, tous les jours on est poète.

17

Au sortir d'un tunnel, frangin freine brusquement. Il me montre du doigt une plaque.

Descends prier pour l'âme de ton cousin.

Il s'adosse au véhicule, ouvre une canette de bière. Il grille une cigarette.

Je me souviens de ce jour où la violence aveugle a emporté mon cousin Ringo. C'était un simple d'esprit. Il n'avait rien fait. Ni aux barbus ni aux militaires. C'était en été, il revenait de l'hôpital psychiatrique de la ville. Suffoquant à l'intérieur d'un bus, il s'est mis torse nu. Les fous d'Allah l'en ont descendu et l'ont condamné à trois cents coups de fouet. Avant de l'achever par une rafale de kalachnikov, ils lui ont cousu la bouche et les yeux.

Je me rappelle quand nous imitions les Beatles dans la décharge du village. Il était le percussionniste du groupe. Il s'était fabriqué une batterie avec des casseroles, des assiettes et des fourchettes. Je me souviens aussi quand mon frère lui avait planté un stylo dans la main parce qu'il le trouvait bête et hermétique aux maths.

Mon jumeau était insaisissable. Il était doux, mais il piquait parfois des crises. Son humeur était changeante. Quand il a obtenu sa licence en physique, il a déposé un dossier au consulat de France pour obtenir un visa d'études. Comme il avait trafiqué ses relevés de notes, sa demande a été rejetée et son passeport, confisqué. Désillusionné, il est parti dans le sud, à Touggourt, où il a suivi une formation religieuse pour devenir imam. Mais, après avoir officié deux mois dans une mosquée perdue, il a abandonné. Frustré, il s'est inscrit dans une école de police à Blida où il est devenu inspecteur.

Il jette la canette dans les ronces.

Allons-y ! Maman nous attend. Si tu veux parler à Ringo, tu le trouveras au cimetière.

J'arrache un rameau de lentisque. Je le pose à côté de la plaque commémorative.

En contrebas, du côté de la rivière, un camion transporte des roseaux. Sur la remorque, des adolescents dansent. Les mains en porte-voix, ils entonnent un chant révolutionnaire.

Comment arrivent-ils à se tenir en équilibre ?

As-tu oublié que tu as été comme eux?

On dirait.

Je te l'ai déjà dit: tu as changé, mon frère.

Je rechigne:

Je n'ai rien oublié.

Je me rappelle quand je déterrais des pierres que je vendais aux camionneurs. J'avais douze ans et ma mère n'avait pas d'argent. Je me souviens du jour où j'ai reçu ma première paie. Je suis tout de suite allé au marché lui acheter des pantoufles. Excitée comme une gamine, elle a dormi avec pendant plusieurs jours.

Les nuages cavalent. Le soleil peine à les percer. Des oiseaux en cortège peuplent le ciel. Ils croassent. Regrettent-ils la disparition de ma mère? Un faucon plane et pique du bec dans la rivière. Il en saisit une anguille et s'en va la dévorer au sommet d'un eucalyptus. Au pied d'une cahute détruite par un séisme, accroupis autour d'une cagette, des vieux s'amusent à déplacer des pions. Plus loin, des jeunes regardent leur vie s'éteindre.

Devant nous, juché sur une colline, le cimetière entouré d'oliviers où ma mère aura sa dernière demeure. Je me souviens de ce que je lui ai dit en passant par là, alors que j'avais seulement cinq ans.

Regarde, maman, regarde ce grand jeu d'échecs !

C'est plus qu'un jeu, mon fils. C'est le cimetière. C'est le jardin des morts.

Je n'ai plus rien à ajouter. Il est des phrases qui imposent le silence. Je ne suis pas triste pour mon cousin. Il ne sera pas seul. Ma mère sera à ses côtés.

18

Nous passons devant l'école primaire. Je prie frangin de me déposer. Il tente de me faire changer d'avis.

La maison est encore loin.

Je vais faire le chemin à pied.

Pourquoi ?

Pour retrouver mon enfance.

Il ricane.

Comme tu veux, mon vieux.

Il me dévoile ses dents abîmées.

Fais gaffe, le passé est comme l'huile : il finit toujours par remonter à la surface.

Il redémarre dans un cafouillage mécanique.

Je pousse le portail rongé par la rouille. J'entre dans la cour. L'herbe est haute. Il n'y a pas d'écoliers. Sont-ils en vacances ? Je vois des moineaux. Ils jouent entre les lauriers-roses. J'entends un crissement. Un rat file et disparaît sous un tas de chaises brisées. Les murs sont attaqués par les algues et les champignons. Une armée de fourmis grignote un pigeon mort.

La hampe est coiffée d'un étendard déchiqueté. Il flotte. Mes souvenirs ressurgissent. Je me rappelle quand le directeur nous a obligés à chanter l'hymne national tandis qu'un enfant grelottant de froid hissait le drapeau de la révolution. Lorsqu'est venu mon tour, j'ai été pris de panique. Je ne savais pas sur quelle corde tirer. J'ai pissé dans ma culotte.

Je me revois, sous le préau, bambin chétif en train de jouer à saute-mouton et aux dames. Je me revois dribblant, poussant des cris de joie quand je mettais la balle dans le filet. Je me rappelle les larmes que je versais lorsque mon équipe perdait un match de foot.

J'ouvre la porte d'une salle aux murs crevassés. Des parfums d'antan mêlés à l'odeur de poussière m'enveloppent. Il y a des objets entassés dans un coin. Des cahiers. Des casiers. Des sacs. Il y a des chaussures et des tabliers. Tout est abîmé. Moisi. Périmé. Des dessins d'animaux racornis et des calendriers blêmis sont accrochés aux murs. Des calligraphies de sourates sont envahies de toiles d'araignées.

Je me souviens d'un instituteur égyptien qui passait ses journées à dormir sur son bureau pendant que nous nous abreuvions aux versets coraniques. Il nous racontait avec gravité l'histoire d'un chauffeur, partisan du Front de libération nationale, qui transportait des soldats français. Il avait jeté son camion dans un ravin. En se tuant, il avait tué avec lui les ennemis du Prophète. Je revois encore la bouche tordue de ce professeur qui ricanait en glorifiant le martyre. Il disait que ce résistant, qui avait tué des mécréants au nom de l'islam, était un moudjahid. Qu'il avait gagné sa place au paradis, son harem de vierges et ses rivières de miel, de beurre et de vin.

Ô pauvre école où l'on lavait au karcher le cerveau des enfants ! À coups de sourates, on s'attaquait au bon sens, à la liberté, à la femme et à la démocratie. Je me souviens de la punition que le maître m'a infligée parce que je lui avais lancé un morceau de craie sur la tête. Il m'a déchiré une oreille et brisé les ongles avec une barre de fer. N'ayant pas encore assouvi sa colère, il m'a obligé, pendant un certain temps, à rester debout sur une jambe, au début de chaque journée d'école, mon cartable sur la tête. Je me rappelle la phrase «Je suis un bourricot», inscrite sur une ardoise que je devais brandir pendant la récréation en faisant un tour déshonorant dans la cour. Ma mère, révoltée par ces châtiments, a débarqué à l'école. Elle a admonesté l'instituteur dans une langue qu'il ne comprenait pas et qui l'a fait rire comme un idiot.

Je me souviens aussi lorsque le directeur m'a convoqué dans son bureau, écœuré par mes cheveux longs et ébouriffés, qui sentaient l'huile d'olive et la potasse. Avec une grosse paire de ciseaux, il m'a coupé de force la tignasse. En découvrant ma tête, ma mère a failli faire une crise.

Maintenant que tu n'as plus ta chevelure, qui éloignera de toi les esprits malveillants ? A-t-il au moins caché tes poils ? J'ai peur que les rapaces les découvrent et en fassent leur nid. Tu traîneras toute ta vie la malchance.

Je quitte les lieux. Chargé comme un fusil. Prêt à tirer sur les sorciers et les fossoyeurs. J'écrase une bouteille en plastique. J'en fais éclater le bouchon contre un mur. Je me souviens lorsque mes copains et moi faisions le concours de celui qui le propulserait le plus loin, celui qui gagnerait le plus de jetons. Je me souviens de ma honte lorsque mon pantalon s'est défait tout seul, brûlé par l'acide. Heureusement que j'avais une veste pour cacher mon sexe. Ah, qu'il est loin, le royaume merveilleux de mon enfance !

Je déterre un caillou. Je le lance sur un chien. C'est un chien boiteux. Il a des yeux mangés par la misère. Il a du mal à glapir. J'ai du mal à rire. Je suis froid. Je suis fourbe. Je ne sais même pas jouer avec les bêtes.

Je dois rentrer à la maison. Ma mère est impatiente. Elle m'attend dans son coffre.

19

Ça gèle dans l'air. Dans les rigoles, les crapauds coassent. Pourtant, on est en plein jour. D'habitude, ils font leur vacarme la nuit. Les abeilles sont mortes, enterrées sous les feuilles et les épines. Tout est glauque. Où est le soleil, cette braise qui enflamme les choses ? Où est la brise, cette bénédiction qui fait danser les papillons ? Le sentier qui mène à la maison de ma mère est glissant. Je le parcours avec prudence. Le chiendent a rongé la terre. Il a tué les marguerites et les jonquilles. L'eau emporte cailloux et déchets. Elle les étale sur les sentiers et les rivages.

Une ombre s'écrie :

Mirak ! Mirak !

Elle clopine dans ma direction. Qui est-ce ? Je m'arrête.

Tu nous manques, mon frère.

Je me frotte les yeux.

Je suis Kourouch. Tu ne me reconnais pas ?

Si.

Je reconnais ce nabot qui porte dans ses bras un agnelet. Je reconnais ce berger à son sourire édenté. Je le reconnais à sa tronche anguleuse sculptée comme celle d'un vieux loup de mer. Il me fait des embrassades et me présente ses condoléances. Il n'a pas changé : toujours engoncé dans son burnous qui sent le lisier, la terre moite et la laine de mouton.

Sois fier de ta maman. C'est une femme de vertu et de valeurs. Elle a su vous élever toute seule. C'est grâce à elle que tu as décroché ton bac. Le Canada, c'est à elle que tu le dois.

Je hoche la tête. Il offre une figue sèche à sa bête.

Tu en veux une ?

Non, merci. Comment vont nos jeunes ? Que deviennent-ils ?

Il caresse le museau de son animal. Il soupire.

Il ne reste pas grand-chose de la jeunesse. Tous nos enfants sont partis. Les uns vivent en France, les autres travaillent dans le Sahara.

Et nos vieux ?

Pire encore. Les nouvelles ne sont pas bonnes. Le train de la mort passe souvent par notre village. Il les emporte en cortège. Bientôt le nombre de tombes dépassera celui des maisons. C'est triste, frère. C'est la vie qui est comme ça. Tôt ou tard, chacun aura son coin pour y reposer ses os. Et deux cadeaux sur sa tombe : un rosier et une jarre votive.

Un cri se fait entendre. Kourouch relâche l'agnelet.

Un chacal est là. Je dois partir. Le troupeau est dans le ravin. On se reverra au cimetière.

Il me donne une tape sur l'épaule.

Tiens bon, frère.

Il presse le pas. Je prends un raccourci. Je saute par-dessus une clôture. Je grimpe un champ escarpé. L'herbe mouille le bas de mon pantalon. Je trébuche. Les orties me piquent. Un bout de verre m'écorche la main. Ça saigne. Mais je n'ai pas mal. Je lèche la plaie. Ça fait du bien. Et puis je m'en fiche. Que mon sang fuse ! Ça ne diminue pas ma peine. Des chauves-souris virevoltent en grinçant. Tapi dans les branches d'un frêne, un rapace jacasse.

Tais-toi, oiseau de malheur !

C'est à l'ombre de ces arbres que j'ai passé les étés de mon enfance. J'attendais le retour de France de mon père. Il faisait chaud et ma mère nous mettait des glaçons dans nos verres de limonade. Nous jouions aux osselets tandis que nos yeux de mômes en détresse étaient rivés sur la route nationale. Chaque bruit de moteur faisait sursauter nos tripes. Nous surveillions les Peugeot noires, car mon père avait une 505. Dès que nous en apercevions une, nous jetions nos jeux et dévalions la pente dans l'espoir de l'accueillir. Nous revenions souvent à la maison bredouilles, la voix étouffée, les paupières gorgées de larmes.

Je me souviens la fois où, laminé par le chagrin, je me suis jeté sur ma mère. Elle s'est débattue tandis que j'agrippais le bas de sa robe. Je l'ai accusée de tous les noms de bêtes. Je portais la faute sur son dos pourtant éreinté par le labeur.

C'est à cause de toi que notre père nous a abandonnés ! C'est de ta faute s'il ne revient pas !

Offusquée par mes accusations, elle s'est arraché le foulard et les cheveux. Elle a fini par s'affaler dans le vestibule. Que j'étais cruel avec elle !

J'arrive à la basse-cour. Les poules de ma mère picorent des vers de terre. Un chaton dispute une arête de sardine à un coq. À l'ombre d'un chêne-liège, où jadis je jouais aux billes, un âne s'ébroue. Agacé par des taons, il tourne sur lui-même avant de se donner un bain de poussière.

La vie est un vaudeville. Elle trouve toujours le moyen de nous divertir.

Attends-moi, maman. Je vais bientôt cogner à ta porte. J'espère que tu me pardonneras.

20

La porte du jardin est close. Je dois me frayer un passage dans la clôture de roseaux. Accroupi derrière un buisson, un enfant fait ses besoins dans l'herbe. Il remonte son saroual, exécute une acrobatie et se sauve. Je n'aurais pas dû passer par là. Le sentier d'antan est bouché par des graminées et des ronces. Avec une faucille, je taille mon chemin. J'atterris dans le déversoir d'immondices où jadis ma mère, poursuivie par mon père, a rampé comme une brebis en détresse. Je revenais de l'école, accompagné de ma sœur, quand j'ai découvert l'horreur. Les pieds nus enfoncés dans les eaux usées, elle avait la robe déchirée et maculée de boue. Les yeux écarquillés, échevelée, le visage ensanglanté, elle se démenait pour sauver son honneur. Comme dans une arène, elle était entourée par les faquins de mon village qui savouraient le spectacle. Son regard de bête traquée me suppliait de prendre sa défense. J'ai foncé.

Pourquoi vous faites mal à maman ?

J'ai été accueilli par une gifle.

Respecte ton père !

Je me suis effondré dans les déchets. Saisissant l'occasion, ma mère a dégringolé un talus et a atterri dans un ravin. J'ai couru derrière elle et je suis parvenu à saisir sa main. Nous avons grimpé plusieurs crêtes. Nous avons tracé la route vers la maison de grand-mère. Elle nous a accueillis dans son taudis et a examiné nos blessures. Elle a donné une robe neuve et un morceau de savon à ma mère qui s'est éclipsée dans une pièce pour se laver. Et moi, dans un coin, j'ai trempé des figues dans de l'huile d'olive.

Maintenant que je reviens sur les lieux du crime, j'ai honte de moi qui n'ai pas eu assez de cran pour venger ma mère humiliée. Je me prends la tête et écrase une larme. Mais à quoi bon ?

Trop tard, ô saints patrons d'Afrique, ma mère est morte !

21

Je suis assis sur une peau de mouton. J'effleure le front de ma mère. Ma sœur a les yeux rouges. Frangin lui tient la main.

Regarde, elle dort comme un bébé.

Je hoche la tête. Frangin ébauche un rictus.

Te rappelles-tu lorsqu'on dormait sous la même couette ? Tu avais tout le temps les pieds froids. C'est moi qui te réchauffais les orteils.

Ai-je une dette envers toi ?

Il s'esclaffe.

Oui, une lourde dette. De plus, tu me paieras en dollars canadiens.

Entendu, je te ferai un chèque après l'enterrement.

Je me souviens quand ma mère a voulu nous faire la morale un matin avant que nous partions à l'école. Elle nous a raconté l'histoire du vieillard qui avait conseillé à son petit-fils de se lever tôt pour réussir dans la vie. En suivant les recommandations de l'aïeul, l'enfant aurait trouvé à l'aube une bourse pleine d'argent. J'ai riposté : Ton histoire ne tient pas debout, maman. La personne qui a perdu la bourse s'est réveillée bien avant celle qui l'a trouvée.

Ma sœur glousse.

Pourquoi l'as-tu piégée ?

Je revois ma mère donnant des coups de savate sur mes pieds sales. Va laver tes pattes de coq déplumé, avait-elle coutume de s'écrier. Dépêche-toi, sinon je les découperai en morceaux et les mettrai au feu !

Mon frère relâche la main de ma sœur.

Nous étions des voyous, Mirak et moi. Que d'ennuis nous avons causés à notre mère ! Une fois, elle nous a envoyés lui acheter de la levure. Ayant trouvé l'épicerie fermée, nous avons arrosé d'urine les fentes de la porte. Après avoir mené son enquête, la matrone est venue tancer notre mère. À bout de nerfs, celle-ci nous a tapé les cuisses avec un roseau.

Je souris. Frangin poursuit :

Et ce voisin un peu fêlé dont nous avons détruit les ruches. Comme nous avions besoin de liège pour faire des roues à une mobylette, nous lui en avons dérobé plusieurs morceaux. Pour éviter les piqûres des abeilles, nous nous étions couvert le visage avec un sac en plastique. Révolté, le pauvre homme nous a cherchés durant des mois. Maman, la mort dans l'âme, a dû nous cacher dans la maison.

Et ces objets que nous lancions du haut de la colline sur les marchands ambulants qui portaient des hottes. Et ce pneu que nous avons largué sur un freluquet qui rafistolait des tamis à l'ombre d'un caroubier. Catapulté, il s'est retrouvé, la figure amochée, coincé dans les ronces. Ayant appris la nouvelle, notre mère a juré de nous priver de repas pendant deux jours. Pour expier notre faute, elle a fait du couscous au poulet à l'artisan et a fait réparer ses tamis.

On ouvre la porte. Ma sœur s'excuse. C'est sa fille, Dihya, qui a faim. Je la prends dans mes bras. Je lui fais un bisou. Elle me griffe la joue. Ma sœur l'engueule.

Je ne dis rien. Je suce le sang. Je sors dans la cour. Il y a du monde. On me fait des signes. Les uns me donnent des poignées de mains, les autres posent des doigts affectueux sur mes épaules. C'est gentil. C'est touchant. C'est la coutume. Perché sur une antenne, un pigeon roucoule. J'aime son chant. Il apaise mes nerfs. Sur le toit, recroquevillé derrière des feuilles de vigne, un chat épie des moineaux qui becquettent des grains de couscous que leur lance un homme avec des béquilles. Au loin, des enfants tapent dans un ballon de caoutchouc. Je les entends chuchoter : Il est là, le Canadien.

Je leur jette une poignée de bonbons. Ils les ramassent. Ils s'en vont les croquer derrière un grillage.

J'étais pauvre comme eux. Mais ce n'était pas rien. C'était même beaucoup. L'enfance est un conte qui ne dure pas. La nuit, on le lit. À l'aube, on l'oublie. Le jour, il se dissipe. Au crépuscule, il devient cendre et poussière.

J'allume une cigarette. Je regarde le ciel. La lune est pleine. Ma mère est au firmament. Je sais qu'elle veille sur moi.

22

Je suis accroupi derrière un lentisque. J'observe la foule qui s'agite autour de la tombe de ma mère. De temps à autre, des hommes graves fredonnent des chants traditionnels. Ils sont emmaillotés dans des burnous. C'est mystérieux, ce qu'ils disent. Moïse, Jésus et Mahomet côtoient les saints patrons du pays. Drôle de peuple. Le religieux et le païen se mélangent. Ils donnent à nos croyances une empreinte séculière. Les Kabyles jurent tout le temps. Quand ils sont fâchés, ils mugissent : *Mebla Rebbi* ! (Je jure sur Dieu qui n'existe pas !) Pour affirmer une conviction, ils martèlent : *Jmaɛ n liman* ! (Au nom de toutes les croyances !)

Pour nous dompter, l'État a gravé la charia au fronton de nos temples. Des versets ornent nos sépultures. On a arabisé nos têtes. On a islamisé nos cœurs. Clandestins rejetés par les vagues de l'histoire, nous nous sommes agrippés à des épaves et nous flottons. Le vent souffle de l'est. Le froid vient du nord. Notre corps se décompose. Nos pas s'estompent dans le sable.

Notre voix est étouffée. Nous chantons : « Nous sommes des hommes libres », alors que nous avons des maîtres. Nous avons effacé notre mémoire et intégré celle des autres. Nous sommes des Arabes pas tout à fait arabes. Nous sommes des Africains pas tout à fait africains. Nous sommes des Blancs pas tout à fait blancs. Notre vraie couleur, c'est la liberté. Notre vrai avenir, c'est le passé.

J'entends au loin des femmes pousser des youyous. Prisonnières derrière une clôture de roseaux, elles suivent les funérailles. Un homme me tend une main. Il susurre :

C'est le moment de mettre la défunte en terre. Viens jeter une pelletée dans la tombe.

Je fais non de la tête.

Il esquisse un geste vague.

C'est la tradition.

Je n'ai pas le choix. J'opine. Un barbu s'est agenouillé. La caboche coiffée d'une chéchia, il débite des sourates.

On enterre dans la langue des autres, pas dans la langue de ma mère.

Je remplis une pelle de terre. Je l'étale sur le cercueil. Un vieux me prend dans ses bras. Il me dit des choses qui soulagent le cœur.

Je descends le sentier qui mène au pont. C'est ici qu'autrefois j'ai fait une bêtise. Avec un copain, j'ai suspendu des câbles entre les rambardes, pour barrer la route. Cachés derrière des ronces, nous avons vu la Renault 4 heurter les cordes. Le pare-brise a explosé au visage du chauffeur. Je me souviens de ma mère racontant cette histoire avec colère. Elle ignorait qui étaient les responsables.

Si j'attrape ces voyous, j'offrirai leurs membres aux chacals.

Je me rappelle aussi lorsque, à peine pubères, nous nous perchions sur le parapet et rêvions de princesses. Sur les barreaux, nous gravions des noms de jeunes filles dans des cœurs traversés par des flèches. J'écrivais des lettres que j'envoyais à des filles dénichées dans des annonces de correspondance. J'ai ainsi entretenu, pendant deux ans, une relation avec une femme d'âge mûr. Je lui avais déclaré ma flamme en me faisant passer pour un adulte. Quand ma mère a découvert sous mon oreiller la photo de l'élue, elle m'a fait subir un interrogatoire. J'ai réussi à m'en sortir en racontant que la femme en question était la tante d'un copain qui m'avait sollicité pour lui dessiner son portrait. Que de mensonges j'ai racontés à ma mère !

Je croise un homme rachitique qui suit un âne chargé de bois. Il porte un bidon et une pioche. Il ne me salue pas. Sa tête me rappelle quelque chose, mais son nom a disparu de ma mémoire. Plus de dix ans que je bats le bitume des pays étrangers.

Je ne suis plus le même. Frangin l'a dit. J'ai changé. J'ai perdu mes repères. L'exil a broyé mes souvenirs. J'ignore la date d'aujourd'hui. Suis-je arrivé hier ? Ce matin ? Où suis-je ? Que suis-je en train de faire ? Le décalage horaire m'a étourdi. Je n'ai pas mangé grand-chose. J'ai faim. Mais je n'ai pas d'appétit. Des borborygmes montent de mes intestins. J'ai la nausée. J'ai mal au ventre. Des fourmillements me martyrisent les jambes. Mais je dois errer. Je dois tourner avec le manège de la vie. Je suis lourd. Je ne sais pas. Peu importe. Je dois trimballer ma carcasse. Je vais me rendre au sommet de la montagne. Je ne peux pas me battre. Je ne sais pas pleurer. Je veux seulement communier avec maman.

23

Seul dans le réduit de ma mère, je prends une tasse de thé à la menthe. Les lichens ont rongé les fondations. Des brins et des germes ont jailli des failles des murs. L'humidité a fait craqueler le crépi. La perdrix que j'ai peinte jadis sur une poutre me regarde. Elle est là, ma rescapée. Un peu blêmie, mais toujours belle. Son ventre est criblé de points noirs. Son bec est crochu. Son regard n'est pas agressif. Dans un coin, sur une chaise, est étalée la fiente de pigeons à travers laquelle passe, indifférent, un bal de fourmis. La maison de ma mère ressemble à un insectarium. Une guêpe dessine des arabesques avant de se faufiler dans un trou. Des mouches vrombissent autour d'un tas d'épluchures. Une araignée installe son métier à tisser sous une tuile. Un papillon se pose sur la corde à linge. Une mante religieuse se gratte affreusement la tête. Sur le toit, des chats se disputent un bout de pain. Je distingue une savate. Ça doit être celle de ma mère. Je crie : *Sbak* ! pour éloigner les félins. Je récupère la chaussure. J'essaie d'y introduire mon pied. Impossible. Ma mère chausse du 36. Je scrute la semelle. Elle est trouée. J'enlève le lacet. J'en fais un nœud autour de mon poignet. Que c'est beau ! On dirait un bracelet. Je m'approche d'une amphore. J'y puise de l'eau. Je la goûte. C'est insipide. Je suis déçu. Ça ne sent pas le lentisque.

Dans une cruche posée sur une étagère, je trouve des cheveux et un coquillage. Une dent et des pièces de monnaie. Les habitudes ont changé. Autrefois, ma mère mettait son argent dans une bourse qu'elle cachait dans un sac de jute plein de semoule. Combien de fois y ai-je plongé la main pour chaparder des pièces que je troquais ensuite contre des friandises ? Des pièges à oiseaux sont suspendus à un clou. J'en prends un. Il est rouillé. Le ressort est défectueux. Juchés sur un fil électrique, des moineaux m'épient. Ils gazouillent. Ah, le vieux temps où je les chassais ! Ces oiseaux étaient bêtes, plus bêtes que les grives. Avec du pain en guise d'appât, sans même cacher les pièges, je les attrapais facilement.

Une fois, n'ayant rien à manger, ma mère nous a annoncé :

Je ne sais pas quoi vous préparer ce soir. Le silo est vide. Votre père n'a pas envoyé d'argent. Les poteries et les œufs ne se vendent plus.

Dépité, frangin a brisé une jarre et est sorti en claquant la porte. Touché par ma mère qui se lamentait dans son lit, j'ai pris les pièges. Je les ai étalés dans la cour. Je me suis ensuite caché derrière un rideau. Puis j'ai admiré le spectacle des moineaux qui rendaient l'âme en exécutant des pirouettes. À l'heure du dîner, je les ai montrés à ma mère qui a bondi de joie. Les oiseaux ont vite été déplumés et nous les avons dégustés autour du feu.

Je ramasse un peigne trouvé par terre. J'enlève les cheveux coincés entre les dents. J'en fais une touffe. Ils n'ont pas d'odeur. Ils sont de ma mère. Ils sont beaux. Ils sont frisés. Je les mets dans ma poche. C'est mon trésor. Je respire. Je m'assieds sur une marche de l'escalier où jadis ma mère se brossait les cheveux. Je la revois en train de se faire belle. Elle se soulignait les paupières à l'antimoine en s'admirant dans un morceau de glace.

Maintenant que je songe à ces moments, les sanglots me saisissent à la gorge.

24

Un vent violent me réveille. Il commet un massacre. Il soulève les tôles. Il fait tomber les tuiles. Il traque bouteilles et boîtes de conserve. Par une lucarne percée dans le toit, je regarde les nuages galoper. Je me recroqueville sur moi-même. Je me couvre avec une robe de ma mère. Ma main tremble. Mon pied gigote. Ai-je froid ? Est-ce à cause de la peur ? Je sors d'un tiroir un collier. C'est ma mère qui l'a fait avec du henné et des clous de girofle. Je le triture. Peut-être que ce geste calmera mes esprits. On ne sait jamais. Faut tout essayer.

Je gonfle mes poumons. Les odeurs d'antan me grisent. Je scrute les recoins. Je contemple les motifs berbères dessinés sur les murs. Des traits et des points par ci. Des épis et des ramures d'olivier par là. Des salamandres et des serpents là-bas. Oh, qu'il est mystérieux, l'univers de ma mère !

Une petite bête grimpe sur mon mollet. Je sursaute. C'est un perce-oreille. Je veux l'écraser. Mais il se sauve. Il court se cacher sous un tas de loques. Espèce de sot ! C'est toi qui as failli me rendre sourd quand ma mère a été transportée à la clinique pour accoucher de ma sœur. Je dormais dans le même lit que frangin. Tard dans la nuit, quelque chose a remué dans mon oreille. Paniqué, j'ai réveillé mon frère. Avec un coton-tige, il a fouillé et réussi à déloger l'insecte. Nous avons versé de la cire sur sa carapace et l'avons brûlé avec une allumette.

Je me souviens aussi d'un mille-pattes qui m'a pincé le tibia jusqu'au sang. Ma mère l'a écrasé pour me venger. Et ce scorpion qui a piqué ma sœur au bras. Affolée, ma mère a couru vers le jardin pour cueillir des orties. Elle les a frottés sur l'endroit infecté, croyant stopper ainsi la propagation du venin. En voyant le bras de sa fille enfler davantage, elle a alerté un voisin qui a conduit ma sœur à la clinique. Et ce jour où, munie d'une hache, elle a pourchassé un serpent qui s'était introduit dans la maison. Ayant peur pour nous, elle l'a surveillé toute la nuit jusqu'à ce qu'elle l'ait abattu. Le lendemain, nous avons découvert la bête coupée en morceaux sous une bassine.

Non, maman n'était pas une tueuse ! Elle avait découpé ce reptile parce qu'elle voulait défendre ses enfants. C'était une question d'amour.

Oui, c'est par amour pour nous qu'elle avait tué le serpent. On peut tuer parfois par dépit. C'est ce qu'elle a failli faire à son retour de chez grand-mère. Après avoir été violentée une nouvelle fois par mon père, aux aurores, alors que ce dernier ronflait, elle s'est introduite discrètement dans la chambre, armée d'un poignard. Au moment où elle a pris son élan pour frapper, elle a pensé à nous, ses enfants chéris qui n'auraient plus de père. Elle a renoncé à ce coup de folie. Abasourdie, elle est venue nous réveiller.

C'est le diable qui m'a trompée. J'ai cédé à ses charmes. Il m'a mis dans la tête des idées obscures. Je ne veux pas tuer votre père. Pardonnez ma démence !

Je lui ai donné un mouchoir. Elle a ri en essuyant sa sueur et ses larmes. Elle a ri toute seule, sans trêve. Nous l'avons détendue avec nos blagues. Nous l'avons invitée à dormir entre nous.

Le vent souffle de plus en plus fort. Les battants de la porte pivotent. L'antenne grince. Il commence à pleuvoir. J'entends les gouttes brutaliser la toiture. Je distingue une voix.

Mirak ! Mirak ! Mirak ! Ouvre, Mirak !

Ma sœur me rend visite. Elle porte sa fille dans ses bras. J'offre un collier à la petite. Elle me fait une moue. Je lui rends un sourire.

As-tu des nouvelles de frangin ?

Elle s'énerve.

Ne me parle pas de ce cinglé. Quand il n'est pas au commissariat, il est dans un bar. Depuis son divorce, il ne fait que se soûler. J'ai tout fait pour le guérir de sa déprime. Mais il n'écoute pas. Comme tout bon flic, il est têtu. Il m'a appelée récemment pour me demander de l'argent. Ses collègues policiers lui ont volé sa marchandise. Il m'a dit qu'il se vengerait. Je ne sais pas s'il délirait.

Elle me tend un beignet. Je refuse. Elle hausse le ton.

Tu dois manger, frère. Tu as maigri. Notre maman ne reviendra pas. On doit passer à autre chose.

Je bois une gorgée de café. Je fais claquer ma langue. Ce geste amuse la fillette. Elle pouffe de rire. Je lui caresse les cheveux. Je regarde le ciel. Ça tourbillonne. Il est des signes qui n'apaisent pas. J'en ai la confirmation. C'est définitif. Jamais, plus jamais je ne boirai le café de ma mère.

Que l'éclair fracasse les toits ! Que le tonnerre lézarde les murs !

25

Je suis comme un hibou. Perché à la fenêtre de la mansarde de ma mère, je regarde grouiller les êtres et les bêtes. De la forêt en face me parviennent des coups de hache et le ronronnement des scies électriques. Les bûcherons sont sans pitié. Serrés dans des tricots, ils abattent les chênes et les oliviers. Ils font des affaires.

Dans ce pays, la nature est souillée, martyrisée, dévastée. On lâche les égouts dans les rivières. On jette des excréments sur la chaussée. On débusque le sanglier à coups de barre à mine. On asphyxie le porc-épic avec la fumée des pneus. On pêche le poisson avec de l'acide. On lâche ses raclures et ses bouses dans les jardins publics.

Sur une colline en forme de mamelon, une charrue traînée par un engin griffe la terre. Accroupies dans les sillons, des ombres enlèvent l'herbe sauvage. Une Mazda bâchée suit une route en lacet et va se garer devant l'entrée de l'école. Un homme massif claque la portière.

Il sort un chariot et des caisses. Les mains en entonnoir autour de la moustache, il s'égosille :

Yyaw serdin ! *Yyaw serdin* ! (Des sardines ! Des sardines !)

Une vieille ratatinée arrive en claudiquant. Elle dénoue un mouchoir et tend un billet à un gosse.

Tiens, achète-moi deux kilos. Je veux des gros poissons. Les petits, j'en veux pas. Je n'ai plus de dents.

L'enfant hésite. Il se gratte l'aisselle.

Je te donnerai quelques dinars. File, mon petit !

Je veux un billet.

Elle hoche la tête, persifleuse.

Tu en auras un à ton retour. Vas-y, oups !

Elle lui caresse la chevelure. Il glousse. Il fait *ranran* de la bouche, imitant le motard. Je me souviens de cette vieille dame. Quand j'avais envie d'un plat de sardines, je lui proposais mes services de coursier. Au retour, j'en glissais quelques-unes dans ma poche. Je les dissimulais ensuite dans le sable. À midi, j'allumais un feu et les mangeais en cachette avec frangin. Une fois, trop gourmand, j'ai piqué plus de la moitié de la marchandise. La vieille l'a soupesé en fronçant les sourcils et en se mordant la lèvre. Ayant constaté mon larcin, elle m'a surveillé toute la matinée. À l'heure du repas, cachée derrière un cactus, elle nous a regardés allumer le feu avant de nous surprendre en train de griller ses sardines. Espèce de vermines ! s'est-elle écriée, l'écume coulant de sa bouche. Elle m'a saisi par la toison et les fesses. Elle m'a catapulté dans les orties. Quand l'histoire lui est venue aux oreilles, ma mère s'est dépêchée d'admonester la mégère. Faute d'entente, elle ne lui a plus adressé la parole pendant des années.

L'enfant est de retour. Il donne le sac dégoulinant de jus de sardine à la vieille. Il garde une main suspendue dans le vide. Il attend la récompense. Elle lui donne une pièce. Le gamin rechigne. Elle se racle la gorge. Il n'a pas le choix. Il la met dans sa poche et s'éclipse.

Trak ! Un bruit dans le verger attire mon attention. Un chaton dégringole d'un grenadier. Il fait tomber une calebasse suspendue à un fil. Se jette sur une souris comme un gardien de but sur un ballon. Il lui donne des coups de patte, en miaulant, en ronflant, en gémissant, jusqu'à ce qu'elle meure, secouée par un dernier spasme. Il la porte dans ses mâchoires et s'en va la dévorer derrière un chardon.

Soudain, un coq surgit de la basse-cour. Il poursuit une poule à travers les rangs de fèves. Acculée contre la clôture de roseaux, la proie, résignée, s'offre au mâle. Il la grimpe, lui tenaille le cou en manquant de l'étouffer. Le spectacle ne m'amuse pas. J'extirpe un caillou du mur et le lance sur les volatiles.

Je vois une pioche et un fauchet sur le toit de la basse-cour. Je descends l'escalier. Cela fait trois jours que je suis enfermé dans la maison. Il me faut de l'exercice physique. Je dois entretenir le jardin de ma mère. Je trouve un rouleau de corde sur un tabouret. Je ricane. Non, ce n'est pas pour moi, ces choses. Détrompez-vous, saints protecteurs ! Je ne m'enlèverai pas la vie.

Je veux aller jouer. Qu'importe si on rit de mes manières puériles. Je jouerai comme je le faisais jadis, quand j'étais insouciant et stupide. Je sais que je suis devenu un peu vieux et que j'ai quelques rides. Ce que je ferai est faux, tout est louche, tout est vide. Mais j'ai un cœur d'enfant. Je suis le digne fils de ma mère. Je m'en irai là-bas, à ce frêne. Je suspendrai une balançoire. J'y poserai ma carcasse. Je songerai à ma mère qui, autrefois, s'amusait à me pousser et à me chatouiller le dos.

26

Ce matin, j'ai envie d'un verre de lait. Je me coiffe approximativement. Je me mets en pyjama et enfile des pantoufles. Je vais chez l'épicier du village. Je le surprends en train de tapoter sur une calculette.

Mirak !

Il me saute dessus et m'enlace.

Paix à l'âme de ta brave mère ! Que Dieu vous octroie abondance et prospérité ! Il vous a déjà laissé une charmante fille, ta nièce. Elle vient des fois avec sa maman. Je lui offre toujours du chocolat. Elle a quel âge ?

Je ne sais pas. Peut-être cinq ans.

Comment va Montréal ? On dit qu'il fait des températures de canard mouillé. Des moins cinquante. Vous vous habillez comment ? En peau de bison ?

Non, en peau de bourricot.

Il rit de bon cœur.

Tu bosses dans quoi ?

Je suis designer industriel. Je travaille pour un sous-traitant en aéronautique. Je fais soixante heures par semaine.

Ah, la chance ! Tu fais toujours du dessin ?

Parfois.

Il fouille dans un tiroir. Il me montre un croquis.

Te rappelles-tu ce dessin ?

Pas vraiment.

Ses yeux s'illuminent.

C'est mon premier amour. C'est toi qui l'as immortalisé. Ô mon hirondelle envolée ! Tu étais assis sur un caisson, dans ce coin. C'était l'été. Pendant qu'elle faisait ses courses, tu ébauchais son portrait en catimini. Je l'avais mis dans un cadre et le lui avais envoyé le jour de son anniversaire. Mais elle a refusé mon cadeau, prétextant qu'elle avait peur de son père. Depuis, les années ont passé et elle s'est mariée avec un vieux con. On m'a dit qu'il la tabasse.

Ses traits se raidissent.

Comme ce que faisait ton père à ta mère. Ce sont des brutes, nos hommes. Il lance sur elle toutes sortes d'objets : des balais, des assiettes et des tuiles. Elle avait tout à gagner avec moi : les sous, la joie et la virilité.

Il déboutonne sa chemise.

Regarde ce tapis d'amour ! Je suis un Sicilien, *fratello.* Hollywood va bientôt me contacter. Je suis le digne successeur de Marlon Brando. Je jouerai dans *Un bazar nommé désir.*

Son téléphone portable sonne.

Tiens, ça doit être Spielberg qui m'appelle.

Il exécute une danse.

Ce n'est pas sûr que j'accepte le contrat. Chut !

Il se retire derrière le comptoir. Je regarde les produits pendant qu'il parle d'un air sérieux. Je plonge une main dans un sac de jute. Je touche la semoule comme le faisait ma mère. Avec une telle farine, on obtient de la bonne galette, qu'elle disait.

Il réapparaît, le visage renfrogné derrière le présentoir rempli de friandises.

C'est mon salaud de père. Il me donne l'ordre d'aller faire paître ses vaches. J'en ai marre, mon frère. N'aurais-tu pas une amie qui aimerait épouser un beau gosse kabyle ? Même une vieille racornie, je suis preneur. Je ne suis pas exigeant, pourvu que je quitte ce bled pourri.

Son téléphone sonne de nouveau.

Il faut que j'y aille. Le père me harcèle. Tu veux quelque chose ?

Un litre de lait, du pain et un sachet de caramels.

Il ricane.

Retour d'âge. Les caramels, c'est pour les mioches.

Je lui tends un billet.

Il refuse.

Comme dit le proverbe, *axxam yerɣa, meqqar ad nesseḥmu* (notre maison est en feu, autant s'y chauffer).

Je souris.

Tu es seul à la maison ?

Oui. Frangin vit dans les bordels. Ma sœur est mariée. Ma mère est morte.

Il me serre dans ses bras.

Tu n'es pas seul, Mirak. Tu fais partie de notre famille. Reviens ce soir. Il y aura quelques amis. On fait des parties de dominos jusqu'à tard dans la nuit.

Je verrai.

Apporte-nous une bouteille de whisky. J'ai des chips, du coca et du poulet.

Il monte dans une Renault 4, démarre dans un crissement de pneus.

Dans la cour, je m'assieds sur une brique à l'ombre d'un cognassier. Je suce un caramel en observant des fourmis qui escaladent le tronc de l'arbre. Je me souviens lorsque je pêchais les scorpions avec un brin d'herbe que j'introduisais dans leur nid. Je les mettais dans un pot et les livrais à un combat avant de les arroser de mazout et de les brûler.

Je soupire. Je suis fatigué. Je dors mal. Je bâille. Je regarde l'arbre en fleurs. Bientôt, il donnera des fruits. Ah, ces fruits à la chair astringente que j'avais du mal à avaler ! Je me souviens de ce jour où j'ai failli mourir. J'avais voulu en manger un avant sa maturité. Me voyant étouffer, ma mère m'a ouvert la bouche et y a entré deux doigts jusqu'à la gorge. J'ai vomi en éjectant le morceau.

J'arrache une brindille. Je m'en vais.

Assise en fakir, une femme handicapée donne le biberon à un bébé. Elle a l'œil entouré d'un lentigo. Je lui dis bonjour et demande des nouvelles de sa famille. Sa mère a été emportée par un cancer. Le poupon est son neveu. Elle le garde pendant que sa belle-sœur travaille dans un salon de coiffure.

Elle me fixe de son regard inquiet.

C'est cet ange qui me tient compagnie. Je suis tout le temps seule.

Je lui laisse le sachet de caramels. Elle pose un baiser sur ma main.

Oh, que tu es gentil ! Personne ne m'a jamais offert autant de bonbons.

Elle bafouille. Ses yeux s'embrument.

Reviens nous voir une autre fois. On vieillit trop vite ces derniers temps. La vie est dure avec nous.

Elle verse une larme. Je lui fais un geste confus. Je fuis ce visage qui me fait pitié. Je poursuis ma route. Elle continue de me parler. Je ne me retourne pas. Je me gratte la joue. Ô Seigneur, que j'ai du chagrin !

J'ai faim. Je vais aller me préparer un lait chaud. Je téterai une cigarette. Seul avec les moineaux, je penserai à ma mère et à toutes les femmes de mon pays qui souffrent.

27

J'appuie mes reins au garde-fou du pont. Je regarde les jeunes se disputer un ballon sur un terrain vague. Ça crie, ça s'insulte, ça galope. Le souvenir de mon père reprenant le ballon qu'il m'avait offert remonte de l'enfance. Il me saisit au cou. Mon cœur cogne. Il est moins grave de gifler un enfant que de lui retirer son cadeau. L'adulte ne peut pas aller jusqu'au fond du cœur du môme. Il reste à la périphérie. Il caresse, il gifle, il griffe, il avertit.

Oh, quelle arène ! On dirait des matadors. Le ballon, frappé par un joueur maladroit, atteint le dos d'un bœuf qui broutait du chiendent sur la touche. Le berger profère des insultes en agitant une hache.

Bande de désœuvrés, allez travailler au lieu de courir après une baudruche !

Il essuie des filaments de bave sur son menton. Juchés comme des rapaces sur les branches d'un eucalyptus, les spectateurs l'ovationnent.

Kourouch champion ! Kourouch champion !

Le berger saisit le ballon, le coince entre ses bottes et le fend d'un coup de hache. Les footballeurs sont choqués. Ils portent leurs mains à leur tête. Plusieurs d'entre eux se lancent à la poursuite de l'homme qui file à travers une haie de ronces. Trop tard, il s'est évaporé dans la forêt. Ce sera pour une prochaine fois. Ils l'attacheront comme un agneau à un piquet. Ils lui tondront le crâne. Ils vendront son troupeau et, avec l'argent, ils s'offriront des ballons de marque Adidas.

Ce terrain poussiéreux regorge d'histoires insolites. Un jour, un terroriste complètement drogué est descendu du maquis, a kidnappé un gardien de but qui jouait dans mon équipe et a décidé de le conduire dans la montagne. Solidaires, nous avons pris un raccourci et l'avons rattrapé. Un joueur baraqué lui a donné des coups de poing au visage, aux côtes et aux parties génitales. Il a failli le tuer. Nous l'avons ligoté à un chêne-liège et avons alerté la gendarmerie qui n'est arrivée que trois jours plus tard.

Un camion passe et me klaxonne. Je ne reconnais pas le chauffeur. Je lève une main et souris. Je ne suis pas seul dans le village de ma mère. On me salue et on me fait des amabilités.

J'écoute l'eau ruisseler à mes pieds. J'entends une rainette. Cachée sous une pierre, elle clame sa joie d'exister.

Au bord de la rivière, de grands oiseaux blancs, postés sur le dos des moutons, guettent les grenouilles. Parfois, deux volatiles se jettent dans le vide et se donnent de violents coups de bec. Derrière un bosquet de tamaris, il y a des rochers. C'est ici que ma mère étendait son linge. Une hotte sur le dos, elle venait, accompagnée de ma sœur, de mon frère et de moi, tremper nos vêtements dans l'eau. Une fois, deux lavandières lui ont volé son savon de Marseille. Alors qu'elle essayait de le récupérer, elles l'ont battue. Elles l'ont tenue par les cheveux et lui ont fait boire de l'eau croupissante.

Bois, maudite femme !

Furieux, je suis allé chercher dans une décharge une vieille batterie. J'en ai récupéré l'acide et l'ai versé sur le linge des deux harpies. Le lendemain, les villageois racontaient que le savon de ma mère était habité par des djinns. Ah, toutes ces histoires étranges que l'on colportait !

Je vois un bousier pousser une boulette de fumier. Je ne sais pas qui l'a condamné à cette galère. Comme moi, il doit être harassé. Je fais claquer mes vertèbres. Une coccinelle se pose sur une tige. Elle me regarde. Puis, guillerette, elle vrombit. Elle a des grains de café sur le dos. Son froufroutement est doux. C'est peut-être ma mère. Je devine sa délicatesse. Elle est là avec moi. Elle est en train de cueillir du pollen.

Je n'ai fait qu'un triste rêve. Non, tu n'es pas morte, maman !

28

Je sors me dégourdir les jambes. Je veux aller sur les traces de ma mère. Mon cousin Riko me dit bonjour. Il est sous sa camionnette qu'il répare.

Il rouspète.

Toujours en panne, cette saloperie de voiture. Il faut que je la jette à la casse.

Il s'assied, une clef à la main.

Elle m'a bouffé au moins vingt millions de centimes alors qu'elle en vaut à peine dix.

Les canines de Riko sont abîmées. Pourtant, il n'a même pas la quarantaine. Je distingue au loin une ombre courbée en train de ramasser des cailloux.

Qui est-ce ?

Tu blagues ?

Non. Pourquoi ?

Arrête de me prendre pour un taré. C'est ton géniteur, bordel !

J'en suis estomaqué.

Quoi ? Mon père ? Mon ex-père ?

Je frissonne.

C'est donc lui que j'ai croisé la dernière fois. Il a maigri, le vieux.

Il est surtout devenu fou. Il est revenu de France avec cette étrange manie de ramasser les pierres avec un piochon.

Il a sué dans le métro de Paris et dans les mines de charbon du Pas-de-Calais. Madame la France ne pardonne pas. Elle l'a rendu cinglé.

On m'a dit que tu avais quitté la France ? Tu vis maintenant en Amérique ? Tu es parti chez les Indiens et les cow-boys. Tu es voisin de tonton Sam. Tu as fait le bon choix, cousin. Mais il y a une chose qui me fait peur. Rien qu'à l'évoquer, j'en tremble : huit heures de vol entre Montréal et Alger. Huit heures dans le vide, *A yemma !* J'ai la phobie de l'avion.

Il tire une tabatière et chique. Il éternue.

Ce n'est pas l'alcool qui me calme, mais le tabac. Ça apaise les neurones.

Mon père s'approche. Il porte un pardessus crasseux, un béret alpin et des verres épais comme le fond d'une bouteille de vin.

Il me donne un caillou. Il délire.

C'est ta paie, fiston. J'ai une chose à te demander, mais il faut que tu m'écoutes : la tombe de ta mère doit être ronde. Je n'aime pas les tombes rectangulaires.

Le cousin le prie de disposer. Mon père acquiesce. Il lance un caillou sur un moineau et tape dans ses mains.

Riko se crispe.

Ces derniers temps, on l'a surpris en train de défoncer des sépultures. Le comité du village l'a condamné à une amende. Depuis, je ne lui parle plus. Je le méprise. *Ttffouh* ! Mais que veux-tu faire ? Mon oncle est possédé.

Je ne sais pas comment réagir à ce torrent d'insultes. Je suis secoué. Je m'appuie contre le mur pour ne pas tomber. Cousin est en colère. Après tout, il a le droit d'exécrer le frère de son père.

Tout le gratin de notre village est parti. Il ne reste que ce genre de loques. Les dirigeants sont des salauds. Ils vous ont encouragés à partir. Ils savent ce qu'est la politique. Ils ont bien lu Machiavel. On gouverne un troupeau de moutons, pas une meute de loups. Et vous êtes tombés dans le piège. Tu avances bien dans la vie, mais tu n'as pas pris la bonne barque.

Les vagues t'ont conduit ailleurs, loin de ton pays et de ta mère.

Un bruit de ferraille interrompt notre discussion.

C'est un fourgon. Il est serviable, ce marchand. On est amis. Il me prêtera sa batterie. Ce sont les bougies qui sont défectueuses.

Il s'en va. Je descends le sentier qu'empruntait ma mère pour aller à la fontaine. Elle se levait tôt, prenait soin de boucher les trous de son vieux jerrican avec de la mantèque. En automne, elle s'arrêtait devant les cactus et cueillait à mains nues des figues de Barbarie. En hiver, elle revenait avec un panier chargé d'oranges et de glands. Au printemps, elle nous offrait des bouquets de genêt et de marguerites. En été, elle nous gâtait avec des salades et des tomates fraîches.

Je me souviens du premier fruit que j'ai gagné. C'était une grosse pastèque. Pour la cueillette, j'avais donné un coup de main à un oncle qui avait un champ. Je suis arrivé comblé à la maison avant que ma mère ne pousse discrètement une porte et ne m'invite à aller montrer le butin à mon père. Ce dernier m'a arraché le fruit des mains et me l'a lancé à la figure.

Pourquoi es-tu allé quémander, petit gueux ? Je ne suis pas un misérable. Je suis un homme riche.

Ma mère m'a soustrait aux serres de son époux. Elle m'a évacué dans la basse-cour et m'a prodigué des soins et des caresses.

J'arrive à la fontaine. Je m'agenouille. Je bois dans mes mains. Je me rafraîchis le visage. Je me mouille les cheveux. Un lézard grimpe sur le mur. Avant de se glisser dans une fente, il me regarde. Surgi de sous une tuile, un charançon poursuit une fourmi rouge le long d'un chevron. Autour des mûriers aux fleurs délicates, des frelons et des abeilles s'asticotent. Je porte une main sur une bourrache et arrache une fleur. Une guêpe me surprend et me pique au cou. Je saisis une pincée de glaise et la mets sur l'enflure. L'argile, disait ma mère, c'est le meilleur antidote contre les piqûres.

J'ai mal à la gorge. Je vais retourner à la maison. Sur le chemin, je vois une sittelle qui cogne du bec un tronc de figuier. Avant de lâcher sa fiente, elle me fait une grimace en criant. Plus loin, un rossignol exécute une acrobatie et happe un moucheron.

La nature s'active et les oiseaux gazouillent. Les criquets sautillent et les pétales explosent.

Les feuilles frémissent et les mouches papillonnent. Les chiens aboient, le soleil tourne, les grillons jacassent.

À quoi bon cette comédie, ce vacarme, ces odeurs… puisque ma mère ne fait plus partie du manège ?

29

Je m'affaisse sur le lit. J'allume la télé. Les Simpson font comme d'habitude une satire du mode de vie américain. Je me rappelle le jour où j'ai posé cette question sensible à ma mère :

Pourquoi les dessins animés ne sont-ils pas dans notre langue ?

Les nôtres passent tard dans la nuit quand tu dors.

Une fois, j'ai prétexté une fièvre pour veiller, car je voulais voir ces personnages s'agiter et crier en kabyle.

Chut, a murmuré ma mère, évoquant une redoutable sorcière, une certaine Tseriel qui viendrait me croquer les oreilles et me voler les quenottes.

Plus tard, j'ai découvert qu'elle m'avait menti. Elle ne voulait pas me dire la vérité de peur de me blesser. La langue nationale et officielle en Algérie était l'arabe. Ma langue maternelle était interdite partout : à la télévision, à l'école, dans les livres, dans les journaux, dans l'administration.

J'éteins la télé. J'ai envie de marcher. J'arpente la maison. Je soliloque. C'est ici que je retrouverai mon enfance. C'est ici que j'ausculterai l'empreinte de mes semelles râpées : dans les failles de la toiture, dans les interstices des volets, dans les anneaux des chaînes, sous les bouffissures du torchis, dans les mailles des tissus, dans les pinces à linge. Ici, là-bas, partout, dans les moindres recoins du taudis de ma mère, j'entreverrai mes gaucheries et mes caprices. Je découvrirai mes désillusions et mes prouesses. Ô mère aux cils soulignés à l'antimoine et aux lèvres brunies par les feuilles du basilic et de la menthe ! Je t'ai trahie et je porte le poids du mensonge. Portefaix traînant un chariot de supplices, j'ouvrirai les valises, je défoncerai les coffres. Je plongerai mes doigts dans les cendres. Je retournerai les objets. Je donnerai des coups de pied aux cailloux. Je demanderai aux esprits de dire nos légendes.

Ah, la pluie qui grignotait nos tuiles avec ses dents acérées ! Ah, le soleil qui effilochait nos peaux fragiles ! Allongés sur un tapis, nous toisions le ciel. Nous interrogions les étoiles, ma tête sur tes genoux, tes doigts grattant ma crinière désordonnée. Ah, que j'aimais tes fables et tes devinettes ! Et ton coq australien qui détrônait l'imam avec ses chants enroués, invitant au labeur les métayers et les puisatiers !

Comment oublier tes chatons sautillant dans la cour et jouant sans cesse ? Et ce chien qui traquait tes poules et sur lequel j'ai lancé un jour un pavé, manquant de le tuer ? Et son maître qui ensuite m'a donné la fessée et m'a pincé les joues ? Et ce petit engin broyant les grains de café dont tu savais manœuvrer la manette ! Ah, cette poudre que tu versais dans une cafetière qui faisait des borborygmes exhalant l'ivresse que je respirais égoïstement sous ma couette ! Et ces chauves-souris visqueuses tombant de leur nid qui me faisaient vomir quand je torchais d'un morceau de pain une omelette aux épinards !

Seule au village sans le sou, ni une main charitable à embrasser, ni la moindre épaule sur laquelle t'appuyer, tu veillais sur ta progéniture. Seule avec nous, tu malaxais l'argile, tu perçais les grains de corail et les clous de girofle, tu tissais des étoffes que tu vendais à un prix de misère. Seule, arc-boutée sur une branche, le front perlé de sueur, tu secouais les rameaux avec une gaule. Au pied de l'arbre, comme des grives, nous ramassions les olives pour les vendre aux huileries de la région.

J'ai égaré mon enfance dans ta maison désormais vide. Là où je me retourne, un souvenir me secoue. Là où je regarde, un fantôme se découpe dans une écharpe de poussière.

C'est ici, dans ton lit, dans ta masure, dans ton village, dans ton pays, que j'affronterai tes larmes et tes soupirs.

Ô mère qui dort, figée à jamais dans le jardin des morts !

30

Le portail du jardin crisse. J'ouvre le volet. J'aperçois un chenapan qui escalade la clôture. Pétrifié, il lâche un citron. Je n'aurais pas dû gueuler. Un enfant qui ne maraude pas n'est pas un enfant sérieux. Le vol des fruits était ma spécialité. Que j'aimais enfourner les figues fraîches chapardées au clair de lune quand ma mère rêvassait ! Et ces pastèques que je cherchais dans la nuit et que je fendais avec un douk-douk ! C'était exquis, le cœur de ce fruit charnu qui barbouillait mon t-shirt de son jus écarlate !

Je pouffe de rire en songeant à ces années où je me prenais pour un pirate. Faux bandit flanqué de deux lieutenants, j'écumais les vergers et les champs. Un jour, un fermier nous a tiré dessus avec un fusil parce que nous dérobions ses pommes. Le lendemain, il déposait une plainte contre nous auprès du comité du village. Les sages nous ont condamnés à débroussailler le cimetière, la fontaine et les sentiers. Indignée, ma mère m'a enfermé dans la maison pendant tout un week-end et m'a nourri de pain rassis et d'eau. En quittant la taule, je lui ai promis de ne plus jamais faire ce genre de bêtises.

Je suis dans le jardin. J'entends quelqu'un roter. Je me retourne. C'est frangin. Il tient dans sa main une canette de bière. Il se gratte le nombril.

Tu veux une gorgée ?

Je fais non de la tête.

C'est de la bière hollandaise. Ça nettoie les tripes et les reins.

Je ne dis rien. J'enlève les mauvaises herbes entre les rangs d'oignons. Je cueille des gousses de fèves. J'en extirpe les graines. Je les croque. Ça fait du bien à la bouche.

Ça gueule chez cousin. Je tends l'oreille. On dirait qu'on égorge un lièvre.

Frangin me saisit par le coude.

Écoute. Cousin est en train d'abattre un porc-épic. Je lui demanderai de t'en réserver une part. C'est tendre, la viande du porc-épic. C'est comme de la chair de bébé.

Mon jumeau rit en se secouant les épaules. Je lui lance un regard torve. Il se gratte la calotte.

Pardonne-moi, frère. Je n'ai pas bu de café ce matin. J'ai l'habitude de prendre mon déjeuner dans un bar, chez Tady. Tu ne le connais pas ? Il a une tête de goret.

Je renâcle.

Ça suffit !

Il s'excuse.

Tu me manques, frérot. Je suis venu te proposer une sortie. Tu sais, notre tante ne va pas bien. Elle a la moitié du corps paralysé depuis son AVC. Elle n'est pas venue à l'enterrement de notre mère. C'est triste. Elle a des secrets à nous dévoiler. Viens, elle sera contente de te revoir. Ça brisera le train-train de sa vie.

Il jette la canette, fait cliqueter le trousseau de clefs et m'invite à le suivre.

En voyant un lièvre traverser la route, frangin accélère. Il sort son flingue et tire. La bête se sauve en s'engouffrant dans un buisson.

Veux-tu que je te raconte un secret ?

Je retiens mon souffle. Je me racle la gorge. Il se gratte la barbe. Il tergiverse. Il se prépare à mentir. Je ne vais pas le croire. Il est ivre. Il est cinglé.

Je ne suis pas divorcé.

Quoi ?

Je vis toujours avec madame.

Qui ?

Madame est une prostituée.

Sa franchise m'incommode.

Je l'aime, frangin. C'est plus fort que moi. L'amour, le vrai, le fou, c'est comme l'argent : ça n'a pas d'odeur. Même quand ça pue, ça sent toujours bon.

Il embrasse son pistolet. Il se met à pleurnicher. Il donne un coup de frein violent. Je m'énerve. Je détache la ceinture de sécurité. Je saute. Il tire deux balles en l'air. Il m'insulte et fait demi-tour.

J'arpente la chaussée jalonnée de bouses de vaches et de crottes de moutons. Je bifurque sur une allée bordée de cactus. Je passe devant une fosse où, enfant, je puisais, à l'abri des gens, les résidus rejetés par le moulin à huile d'olive. Ma mère allait les troquer contre de la semoule et du lait.

J'aperçois deux désœuvrés en train de regarder le temps passer. Ce sont des spectres adossés au mur d'une bicoque, des loques entourées de bottes de foin, de bois morts, de briques et de tuyaux rouillés. Ils me font des salamalecs piteux en remuant la tête.

Devant des tamaris, Kourouch, une pelle à la main, brûle des pneus. Il se frotte les yeux. En me voyant, il hurle :

Viens, Mirak ! Viens respirer la fumée salvatrice ! C'est une fumée qui dissout les gris-gris et les microbes.

Je porte une main à mon front et exécute un salut militaire.

J'entends des batraciens caqueter pendant que je traverse un gué. C'est un pylône électrique que l'on a suspendu au-dessus de l'eau. Je me rappelle quand ma mère, affolée par le vertige, le traversait à quatre pattes. Une fois, épouvantée par le courant qui balançait le poteau, elle s'est déchaussée, a soulevé sa robe et a osé franchir la rivière. À peine avait-elle mis un pied dans l'eau que le torrent la projetait contre un écueil. Elle a hurlé en agitant une main désespérée. J'ai plongé pour la secourir. Recroquevillée sur la rive, sa robe mouillée collée à son corps, elle m'a fixé de ses yeux pleins de larmes. Je n'avais jamais vu un regard aussi triste.

Je longe un raidillon qui mène à la maison de ma tante. À mi-chemin, je rencontre une bande de jeunes qui font un barbecue. On m'invite à goûter du sanglier. Je dis non. L'un d'eux s'approche de moi. Il boit du vin au goulot. Il déclame un poème :

Vous dites que des rivières de vin coulent au paradis.
Le paradis est-il une taverne pour vous ?
Vous dites que des vierges y attendent chaque croyant.
Le paradis est-il un bordel pour vous ?

Je souris.

Il pouffe.

Tu ne reconnais pas ces vers ?

Non.

Ils sont d'Omar Khayyâm.

Il me scrute de la tête aux pieds.

Tu viens de quel village ?

De là-bas.

Je ne t'y ai jamais vu.

Je vis à l'étranger.

Ah oui, le fameux Canadien !

Il me fait un baiser sur le front.

La disparition de ta mère m'a affecté. Elle nous a laissé un grand vide. Je présume que tu vas chez ta tante ?

J'acquiesce. Il fouille dans un sac à dos. Il m'offre une bouteille de jus.

Prends-la, c'est un cadeau.

Je le remercie.

Je poursuis ma route. Arrivé à une maisonnette entourée d'une muraille de parpaings coiffée de morceaux de verre, je cogne plusieurs fois à la porte. Doucement. Plus fort. Avec le poing. Personne ne vient m'ouvrir.

Une mésange m'épie du haut d'une parabole. Elle chante faux. Elle se moque de moi. Des criquets fêtards dansottent. À mes pieds, des fourmis se rencontrent, se donnent des embrassades avant de continuer leur chemin monotone. Je croise les bras sur ma poitrine et livre mes oreilles aux jacassements des cigales.

Un glapissement de chien me réveille. Une femme hirsute, boudinée dans une gandoura arc-en-ciel, caresse la tête d'un chiot.

Je sursaute.

N'aie pas peur, cousin. Je suis la fille de ta tante.

Je me frotte les yeux. Elle introduit plusieurs clefs dans le portail. Elle soupire :

Nous avons dû changer nos habitudes.

Elle a les traits racornis.

Des terroristes et des voyous sont venus plusieurs fois nous racketter.

Dans la cour, un corps, étendu sur une paillasse.

Ta tante est foutue. Elle ne parle qu'en signes. En plus, elle a le pied et la main gauches ankylosés. Mais tu peux la réveiller. Elle a dormi toute la journée, la cossarde.

Elle m'apporte une chaise et s'en va préparer le café. Je pose une main sur l'épaule de ma tante. Je l'écoute ronfler. Je me souviens, quand on n'avait rien à manger, ma mère m'envoyait ici. Sa sœur me gâtait avec des beignets et des crêpes. Elle me comblait de bisous et me glissait dans la poche quelques billets.

La cousine revient avec un plateau qu'elle pose sur une table basse. Ça sent le miel et les œufs grillés. Elle secoue la tête de ma tante qui consent à ouvrir un œil. Elle la soulève et la met sur son séant, le dos contre un coussin. Quand ma tante me reconnaît, sa bouche dégage des bulles de mousse. J'inspecte ce visage dont les traits me rappellent ceux de ma mère. Je touille le sucre. J'observe la main de ma tante qui se balance dans le vide. Je lui fais un geste vague. Voici qu'elle cligne de l'œil.

Émue de voir sa mère un tantinet heureuse, ma cousine fait une blague :

Elle sourit avec les yeux.

Je demande des nouvelles de ses deux frères.

Ils travaillent dans le sud. Ils ne nous rendent visite que deux fois l'an.

Et ta sœur ?

Elle est malheureuse depuis qu'elle a découvert que son époux travaille pour un groupe salafiste. Elle est maintenant prise en charge dans un centre pour femmes divorcées.

Et ton père ?

Il ne sort quasiment pas de sa chambre. Il passe des heures à tapoter sur une télécommande en cherchant les chaînes de télé étrangères. De temps en temps, il va au café de la place. Il aime regarder les vieux jouer aux dominos et parler de la vieille guerre. Ça l'amuse et ça atténue sa lassitude.

Ma cousine écrase un citron dans un verre. Elle me propose le jus. Je le bois d'un coup.

Une fourgonnette dévale la pente au loin. Ma cousine s'excuse.

Je vais voir si le marchand a du maquillage. Qui sait ? Peut-être que j'aurai un prétendant cet été.

Elle sort et hèle le chauffeur.

Je regarde une mouche se débattre au fond de ma tasse, les ailes clouées dans le sucre. Je la sauve.

Tire-toi, moucheron ! Va flotter ailleurs !

Ma tante bat des paupières avant de céder au sommeil. Je lui caresse le front. Je lui souhaite longue vie.

Sur le chemin, je songe longtemps à elle. Je cueille des marguerites, beaucoup de marguerites. J'en fais un joli collier que je dépose sur la tombe de ma mère.

31

Un fourgon cabossé est garé sous un olivier. Je ris en lisant l'enseigne sur le pare-brise : L'Aigle de la petite Suisse. On aurait dû y inscrire plutôt : Le Corbeau de la basse Tchétchénie. Il ne se passe pas un jour sans que des malfaiteurs kidnappent des gens. L'autre semaine, on a enlevé une adolescente à la sortie de son école. On lui a arraché les reins et on a jeté sa dépouille dans une décharge.

Le chauffeur est assis sur le pare-chocs. Il a le bras tatoué et la tignasse frisée. Il donne des cacahuètes à un macaque. En me voyant, il met la bête sur le siège arrière. Il enclenche le moteur et me hèle :

Hé, jeune homme ! Au marché ?

Je fais oui du chef.

C'est top départ. On y va !

Je monte à l'avant.

Il rouspète.

Je vais faire un aller vide. Ces derniers mois, je travaille à perte. L'essence coûte cher. Chaque semaine, le carrosse tombe en panne. C'est la misère, frère. Je peux compter mes clients sur le bout des orteils. Toujours les mêmes en plus. Ennuyeux et crasseux. Tous foutus. Des croulants et des ivrognes. Parfois, c'est moi qui leur file du fric. Et je n'ai pas de puits de pétrole. Je ne connais aucun haut gradé. Qu'ils aillent chez mémé ! Je ne suis pas la vache des orphelins. J'ai des bouches à nourrir, moi aussi. Je rame et je ne vois pas l'horizon.

Il glisse un CD dans une fente et tourne un bouton.

Vive la jeunesse !

Sans transition, il m'examine.

Tu es tout neuf! On dirait que tu viens d'être pondu.

Puis, subitement, il change d'humeur. Il donne des coups de poing au tableau de bord.

Il m'a eu, le marchand. C'est un casse-tête qu'il m'a vendu, pas un radiocassette. J'irai le voir au souk, la crapule. Il verra de qui je tiens. Je ne suis pas né de la dernière goutte de sperme. Je me ferai rembourser le flouze.

Il se met à fredonner un chant de Matoub pendant que j'observe la nature.

De l'autre côté de la rivière, loin du fracas de ferraille, entre les bruyères et les arbres au mastic, des moutons, groupés en bataillon, broutent des pousses. Je me rappelle toutes ces plantes sauvages qui me faisaient rêver quand j'y venais avec ma mère.

Ah, ces arums gorgés de rosée et ces champignons pareils à des ombrelles que je découvrais muets sous les feuillages ! Ah, ces séneçons encapuchonnés d'aigrettes en forme de têtes de vieillards auxquels je donnais des coups de pied ! Et ces fruits de myrte que je croquais en cachette sous mon burnous ! Et les sainfoins que je récoltais, dont je vendais les tiges au souk ! Ah, ces garrigues tapissées de cistes collantes que ma mère arrachait pour en faire des balayettes ! Ah, ces champs chamarrés de folles avoines et de coquelicots qui enivraient les tourterelles ! Et les inules, ah, et les genêts obstinés qui émergeaient du calcaire et de la rocaille ! Je me souviens de ces baies, jaunes et vénéneuses, que j'ai détachées un jour d'un gouet. Crédule, je les ai mordues en les confondant avec des épis de maïs. Paniquée, ma mère m'a ramené à la maison sur son dos et m'a enduit la bouche d'huile d'olive.

Nous voyons un édifice en face duquel sont parquées des motos, des jeeps et des Volkswagen Touareg. Le chauffeur ralentit devant un marchand de tabac et achète des cigarettes. Il en grille une et me jette une œillade.

Ici, on ne connaît pas le chômage. Ça travaille, mon gars.

C'est une usine ?

Il s'esclaffe.

Oui, c'est une usine à sexe. C'est un bordel, camarade !

Les souvenirs me reviennent. Dans les années quatre-vingt-dix, un capitaine de l'armée nationale a fait construire un lupanar au bord de cette route. Hiver comme été, barbons, troupiers, chômeurs et illuminés y déferlaient. Ils y laissaient leur argent pour se taper des péripatéticiennes perruquées et grimées venues de l'ouest. Je me souviens de cette attaque terroriste où les cinglés d'Allah ont violé et égorgé neuf filles.

Nous arrivons devant un barrage militaire. Le fourgon s'arrête. Un bidasse imberbe s'avance vers nous. Il a la visière de la casquette en arrière, l'arme en bandoulière. Il jette des coups d'œil à travers les vitres. Il demande ses papiers au chauffeur.

Non, je veux les papiers du singe.

Tu blagues ?

Le troufion hausse le ton :

As-tu déjà vu un homme en uniforme blaguer ? Si tu n'as pas ses papiers, nous devons te le saisir. Il sera à nous, cet animal. Tu le récupéreras quand tu nous auras fourni ses papiers en bonne et due forme.

Il ouvre la portière arrière. Effarouché, le macaque se ramasse sur lui-même. Le militaire soulève la laisse. L'animal bondit et lui griffe le visage. En voyant le sang couler sur son treillis, le bidasse tire à bout portant sur la bête et la tue.

Le chauffeur est glacé de terreur. Il s'effondre sur le corps amorphe du singe et éclate en sanglots. D'autres militaires arrivent. Ils l'arrachent du cadavre. Ils le soulèvent par les mains et les pieds. Ils l'emmènent à l'intérieur du campement. L'un d'eux vient me voir et feint de regretter l'incident. Je lui pose des questions sur mon compagnon. Il me rassure avec des mots et des gestes fourbes. Il me fait ensuite monter dans une Clio qui me conduit en ville.

Là-bas, seul dans une taverne, je pense à ma mère. Je bois une bière à la mémoire de la pauvre bête sacrifiée. Je croque des cacahuètes. Une fois soûl, je feuillette un journal. J'inscris mon pays dans la rubrique nécrologique.

32

Je suis noyé dans le barouf du souk. Naguère, je venais ici pour acheter les épices et le piment fort que ma mère aimait mettre dans son couscous. Je me rappelle un jour où elle m'a donné de l'argent pour acheter le mouton de l'aïd. J'étais si petit que les fermiers me prenaient pour un pickpocket. Lorsque je les questionnais sur le prix des bêtes, ils me répondaient par des *oust* et me chassaient à coups de bâton. Après moult tentatives, j'ai enfin réussi à trouver un vendeur clément qui a demandé à vérifier mon argent. Je lui ai montré la liasse de billets. Il a mouillé son pouce et les a comptés avant de me les rendre.

Ce n'est pas un agneau qu'il te faut, mais un coq !

J'ai protesté en agrippant son pantalon. Il a attrapé un agnelet en train de téter les mamelles de sa mère et me l'a donné.

Tiens, il est jeune, mais il fera l'affaire. Bonne fête !

Lorsqu'elle a vu la bête, ma mère a rechigné.

On t'a embobiné, Mirak. Tu es naïf. J'aurais dû envoyer ton frère. Il serait revenu avec un bélier.

J'ai exhibé les billets.

Ah, le vilain ! Tu l'as volé ?

Mais non, maman, c'est un gentil paysan qui me l'a offert. Je l'ai eu gratuitement.

Elle m'a cajolé.

Ton papa n'assume pas ses responsabilités, mais je peux compter sur son petit bonhomme. Je suis fière de toi.

Elle s'est tout de suite armée d'une faucille et est partie dans les champs couper de l'herbe.

Un enturbanné tire en courant une charrette d'oignons. Il écrase les pieds des chalands qui examinent les légumes exposés sur les étals. Des insultes fusent.

A mmi-s n taǧǧalt ! *A mmi-s n leḥram* ! (Fils de veuve ! Fils de pute !)

Une roue tombe dans une flaque d'eau et éclabousse un godelureau. Celui-ci retire ses Ray-Ban avec fantaisie. Il fait un bras d'honneur et se met à frotter son jogging avec de la salive. Un marchand, torse nu, la tête ovale et rasée, me tend une assiette de tranches d'orange. J'y goûte.

C'est du miel, camarade !

J'ébauche un sourire. Je devine la langue qu'il se passe sur les gencives. Je fais semblant de regarder ailleurs. Il me saisit par ma chemise. Je lui montre les dents.

Je ne veux pas de tes canines. Je veux ton argent.

Quelqu'un crie.

Lâche-le !

C'est mon cousin Riko. Abandonnant les pommes de terre qu'il était en train de trier dans une cagette, il s'approche de son collègue, l'index tendu.

Arrête d'agresser les clients ! Si tu continues comme ça, je te foutrai à la porte.

Le vendeur tente de justifier sa gaffe. Riko le fait taire. Il m'invite à prendre un thé à la menthe.

Suis-moi, c'est par là, le café !

Il s'arrête devant un marchand de tabac. C'est une espèce de grison malingre, fagoté d'un bleu Shanghai, une calotte sur la tête. Il lui tapote le bras.

Toi, tu es honnête. Tu n'ajoutes pas du fumier à la chique comme le font les escrocs.

Cousin glisse un doigt discret et lui dérobe une tabatière. Son geste m'indispose. Il lui dit une amabilité et continue sa route comme si de rien n'était.

Pardonne-moi, Mirak. Je déteste les grippe-sous. Je ne me gêne pas pour les blouser. C'est l'avarice qui va le tuer, ce sale grigou. T'inquiète, ce que j'ai fait est halal.

Il roule une pincée de chique et la loge sous sa lèvre. Ses yeux s'écarquillent.

Même s'il est mesquin, c'est un vrai artisan. Il fabrique de bons produits. Il utilise la cendre qu'il obtient du bois des figuiers.

Il expectore.

Que c'est fort ! Ça stimule la cervelle, cousin !

Devant l'échoppe d'un cordonnier, il s'assied sur un tabouret et enlève ses mocassins.

Mets-moi des fers.

Paie à l'avance.

Je règle en légumes. Je t'offre deux kilos de carottes.

Le savetier frappe son marteau contre les semelles. C'est rapide. Riko remet ses souliers et presse le pas.

Sur la terrasse du café, un pouilleux, le concombre en l'air, mange un sandwich infesté de mouches. À côté, il y a un jeune débraillé qui tâtonne un téléphone. Nous nous attablons sous un palmier artificiel. Un vendeur à la sauvette nous propose des bagues et des colliers. Je sors des billets, mais Riko me dissuade d'acheter quoi que ce soit.

Tout est traficoté ici, cousin.

Le camelot bafouille des mots vulgaires. Il s'en va voir un voisin qui fume une cigarette en remplissant un sodoku. Cousin commande du thé et des cornes de gazelle. Il met les mains en porte-voix autour de la bouche et appelle le disquaire qui tient une table en face.

Jojo, apporte-moi les nouveautés! Je veux en faire cadeau à Mirak pour qu'il les emmène au Canada.

Quelques instants plus tard, son ami débarque. Il pose une pile de CD sur la table. Cousin constate qu'ils ne portent pas d'étiquettes. C'est Jojo qui les a lui-même gravés. Riko marchande quelques minutes avant de lui coller un billet de mille dinars.

Cousin s'excuse et va reprendre sa besogne.

Je quitte le marché. Je vadrouille en ville. Les murs sont couverts de slogans hostiles au pouvoir. Dans son tacot jaune, un chauffeur de taxi ronfle. Il a la tête plaquée contre la vitre, les pieds posés sur le tableau de bord. À l'intérieur de la guérite, un policier nettoie ses jumelles en sifflant un air de raï. Son collègue, assis sur une marche, mâche du chewing-gum. Il se donne des petits coups de matraque dans la main. Dans une aire de stationnement, un aigrefin tire un couteau de sa poche et menace un nabot qu'il fait sortir de sa guimbarde. Il le dépossède de son portefeuille et prend la fuite à motocyclette.

Un conducteur klaxonne à un feu rouge.

Deviens vert, feu de chien !

Impatient, il descend et se déchaîne contre le poteau.

Deviens vert, chien de feu !

Un curieux s'arrête.

Continue ton chemin !

Le conducteur saute dans la voiture et fonce avant que le feu ne redevienne vert.

Une cohorte de barbus distribue des prospectus aux badauds. Leurs enfants, en qamis, collent des affiches sur les poteaux électriques et sur les murs. Des femmes en niqab montent dans un autocar.

J'entre dans une cabine et compose un numéro. Je discute avec mon ami Ronald.

Les gens t'aiment beaucoup, Mirak. Ils ont fait une collecte pour toi. Tu trouveras l'argent dans une boîte. Apporte-moi des figues et une bouteille d'huile kabyle. N'oublie pas une poterie de ta maman. Je veux avoir un souvenir d'elle.

Je raccroche.

En sortant, je croise le chauffeur du fourgon. Je lui demande de ses nouvelles.

Les militaires ne m'ont pas fait de mal. Ils m'ont gâté. Ils m'ont offert des joints. Nous avons fumé de l'herbe avant d'enterrer la guenon. Un sergent a même récité des versets.

Il me propose un verre de pastis. J'invente une urgence et décline l'invitation. Je loue un taxi qui me ramène chez moi.

Je regarde défiler les arbres et les gourbis. Je regarde cavaler les falaises et les ravins de mon pays perdu. J'observe le soleil qui achève sa course. J'ai un pincement au cœur. Je pense à ma mère qui aura froid au cimetière. J'irai la couvrir de mon burnous. J'irai lui raconter une histoire qui apaisera ses souffrances.

33

Je hais cette ville. La grand-rue que j'arpentais jadis est devenue étroite. Les passants ont du mal à se croiser. On a construit partout des tunnels et des ponts. Les autorités ont découvert les bienfaits de la communication. Alors, on fait des annonces sur des panneaux publicitaires. On y étale le sourire mièvre de vedettes au service du régime. On y présente des objets dernier cri : des téléphones, des ordinateurs, des berlines. Consomme, ô peuple égaré ! Tant que les puits de pétrole sont pleins, dépense et tais-toi ! Va dans les mosquées et balbutie des versets ! Gueule : Allah est grand, et loue la parole du Prophète ! Insulte l'Occident qui te fournit tes autos ! Moque-toi des Chinois qui construisent tes routes ! Glorifie les émirs qui chassent tes outardes et tes gazelles ! Gargarise-toi de la révolution, fredonne l'hymne national et embrasse le saint drapeau !

Sur les murs, on a tagué : Pouvoir assassin. Mandela. Je t'aime. Staline. La tour Eiffel. *Kabylie for ever.* Un phallus. Matoub. *Tamaziɣt di llakul.* (Il faut enseigner la langue amazighe.)

Obama. Boumédiène. Nous ne sommes pas des Arabes. Che Guevara. Tel Aviv. Poutine. État islamique. Bob Marley. Zidane. Ali Benhadj…

Un excité surgit d'une portière. Il agite un fanion en s'époumonant :

One, two, three, viva l'Algérie !

Un slogan vide. Trois langues étrangères, aucune langue nationale. Une crise d'identité. Je me fâche. Un homme râblé me donne un coup d'épaule.

Regarde devant toi, minable !

Je ne me retourne pas. Je me dépêche. J'ai d'autres bêtes à traquer. Mes pensées, mon passé, mon pays, mon avenir.

Où est ta langue, ma mère ? Je l'ai cherchée dans les charniers, dans les monuments, sur le fronton des édifices, dans les labyrinthes des administrations, dans les couloirs des hôpitaux, dans les actes de naissance, sur les ordonnances, sur les bancs des écoles, sur les panneaux de signalisation, dans les rivières, dans l'argile, dans le vent, sur les routes, partout, en vain. Je n'y ai trouvé que la langue des autres. Ils disent que tu parles un jargon. Avec ta langue on ne peut pas acheter de pain. Ils m'ont demandé de me taire, j'ai crié. Ils m'ont accusé de diviser la nation, j'ai fait mes valises. J'ai fui. Ah, les bigots ! Ah, les tartuffes !

Je sue. Ma chemise est mouillée. Le sel me brûle la chair. Mon sous-vêtement me gratte. La poussière me colle à la peau. Le soleil cogne. Le goudron fond. C'est le printemps des amourettes cachées et des causes incertaines. Les cœurs bouillonnent. À la fac, on se réunit et on se chamaille. On aiguise les dictons et on célèbre les héros morts. Toujours le souvenir. Toujours les larmes. Toujours la tyrannie. Le Kabyle ne pense pas dans sa langue, il y pleure. Ah, cette course aux larmes ! Ah, ce monopole de la douleur !

À l'entrée de l'université, on a accroché une banderole : Pas de pardon, seule la lutte paie ! Au sommet d'une hampe flotte le drapeau berbère. Les étudiants, rassemblés en essaim, discutent politique, examens et histoires de cœur.

C'est ici que j'ai gaspillé six ans de ma vie à courir après mes illusions. Je m'étais inscrit en génie mécanique. Mais rapidement j'ai déchanté. Les formules n'étaient pas mon fort. Je voulais devenir peintre. Je passais mon temps à errer entre les cités universitaires et à gueuler dans des micros. Ah, ce mois d'avril où l'on défiait avec des pierres les gendarmes qui nous lançaient des bombes lacrymogènes ! Je me souviens du chuintement de la balle qu'un flic a logée dans le crâne d'un manifestant. Je me souviens de la cervelle violacée de la victime déversée sur le trottoir.

Ah, le tourment ! Ah, le vertige ! J'ai mal au ventre. J'ai des crampes à l'estomac. J'ai la nausée. Je veux vomir. Je m'appuie contre un mur. Un passant me prend la main.

Tu veux quelque chose ?

Je dis merci. Quelqu'un me donne une bouteille d'eau. Un autre, un mouchoir. Je bois. Je crache. Je me rince la bouche. Je reprends la marche. Au ralenti. Je m'arrête devant une pharmacie. Il y a du monde. C'est comme dans un supermarché. Un jeune homme tient un panier. Il a faim. Fais vite, monsieur le pharmacien ! Donne-lui des produits ! Des gélules et des pastilles ! Donne-lui des fioles et des comprimés ! Le peuple est malade. Un camion de ciment bloque la grand-route. Tout le monde klaxonne. Un homme donne un coup de pied à une voiture. On se nargue. On se vilipende. On se bat. Puis on bavarde. Le peuple n'est pas sérieux. Chez un disquaire, c'est la fête. Un *cheb* braille et des jeunes gigotent. Accroupi sur un carton, un gueux réclame des sous. Des mains sollicitent et des bouches s'ouvrent. Un enfant me propose des bouquets de persil et de coriandre. Un autre, des savates et des caleçons. Un autre, un téléphone et une peluche. J'achète des pantoufles et un sachet d'amandes.

Je m'arrête devant une stèle et scrute un portrait. Un gendarme a fauché la victime il y a plus de dix ans. Elle a des yeux rêveurs et un visage innocent.

Je suis triste. On m'a volé ma patrie. Je ne sais où aller. J'irai dans les champs cueillir des fleurs. Je les mettrai dans des pots. Je les déposerai sur les tombes des martyrs de notre Printemps.

34

Un chat gémit sur le toit. Il fait pitié. Il a une patte coupée. Il est sans doute tombé dans un piège. Il veut grignoter quelque chose. Je lui donne un os. Il le croque en me regardant. Ça lui fait du bien. J'arrache une feuille de figuier. Avec sa sève, je dessine une croix sur ma main. Ça pique. Ça colle. Ça laisse une trace noirâtre. Je fouille dans un amas de cailloux. Je cherche je ne sais quoi. Je creuse un petit trou. Je joue aux billes. Je m'ennuie. Je joue aux osselets. Que je suis nul! J'ai perdu la main. Je jette les cailloux. Je ne suis plus un enfant. J'ai un peu vieilli. Une limace rampe sur une branche. Sur la balustrade de l'escalier grouillent les fourmis. Mon taudis est peuplé de bêtes. Mais il n'y a pas d'odeur humaine. Ma mère dort au cimetière. Mon père est fou. Ma sœur ne vient pas. Mon frère est fâché. Ma tante est clouée sur sa paillasse. Le village est vide. La solitude me tue. L'autre jour, un jeune homme s'est donné la mort. C'était pourtant un gars brillant, disent les gens. C'était un génie en maths. Il s'est pendu à un poteau.

J'ai du chagrin. J'arrange mes cheveux et ma barbe. Je sors chercher mes amis. Où sont-ils ? Que font-ils ? J'ai besoin d'eux. Je trouve mon père assis sur un seau, en train de creuser. Il déterre une pierre. Il me parle :

Elle n'est pas à sa place. Je dois la remettre à la rivière.

Je souris.

Les gens du village m'ont fait du mal, fiston. Ils ne comprennent pas les esprits. Ils sont malades et c'est moi qui prends les médicaments.

Je lui donne un coup de main. Nous extirpons la pierre de la terre. Il la met sur son épaule. Il part vagabonder.

Ah, méchante France, qu'as-tu fait à nos aînés ?

Je cogne à la porte d'une maison délabrée. Une vieille croulante m'ouvre. Elle a la tignasse ébouriffée. Arc-boutée sur une canne, elle chevrote. Elle est éplorée.

Le vieux est à l'hôpital. Il va se faire opérer. Il a le cancer. Bientôt, il rejoindra ta maman.

Je lui donne un baiser sur le front. Elle me serre la main à me faire mal aux phalanges.

Je réprime un cri. Elle traque mon regard. Je ne sais pas pourquoi.

Que Dieu soit avec nous !

Elle claque la porte. Je traîne mes pantoufles. Je cherche des amis. Où sont-ils ? Que font-ils ? J'ai besoin d'eux.

Un serpent m'espionne d'un trou de parpaing. Il a la langue vive et les crochets gorgés de venin. Il m'effraie. Je bondis. Je cours. Je ne me retourne pas. Je vois mon directeur d'école, assis à même la terre, en train de trier des choses. Il a les tempes grises et le haut du crâne dégarni. Il soulève une sandale. Il esquisse un salut. Je fais une halte et évoque avec lui le passé. Il gonfle ses poumons.

Il n'y a presque plus d'enfants au village. L'école est fermée.

Que faites-vous comme boulot ?

Je vends des caoutchoucs à des Arabes qui viennent de loin.

C'est combien la pièce ?

Un dinar ou deux. Mais cela suffit.

Il continue à farfouiller. Un chiot saute sur ses genoux et lui lèche le cou. Ils sont complices. Le maître le chatouille, lui caresse le museau.

Une ombre grassouillette surgit d'une porte cochère. Elle a un chat dans les bras. Elle a les dents crochues. Elle marmotte. Elle rit. Elle a le nez qui coule. Je patauge dans un margouillis. C'est ici que je jouais quand j'étais innocent. Je faisais des tire-boulettes avec du cuir de chaussure et des lanières découpées dans une chambre à air. Je brûlais les semelles des sandales pour en extraire de la glu que j'utilisais pour piéger les étourneaux. Avec le plomb des batteries, je faisais des pétards pour les fêtes. Je me rappelle avoir même rafistolé une radio avec des baffles et des bobines récupérées d'un radiocassette. Un copain et moi, nous y diffusions des sketchs. Nous dérangions ainsi la sieste sacrée.

Que devient ce bouffon aux oreilles dressées comme celles d'une chauve-souris ? Ça fait plus de quinze ans que je ne l'ai pas revu. Je sais qu'il a été militaire. Il avait signé pour trente ans. Je m'approche de sa maison d'enfance. C'est un galetas en roseaux et en pisé. Je pousse une porte en tôle ondulée qui donne sur une minuscule cour. Surpris, un lézard fonce et déchire une toile d'araignée. Un pigeon lâche un quignon de pain et s'envole. Un mulot chute d'un établi, se relève après une culbute et s'embourbe dans un égout. Des guêpes y puisent de la boue en bourdonnant. La courette est colonisée par le chiendent. J'entends un ronflement dans la masure. J'actionne le loquet. Le battant s'écarte sur un fauteuil roulant. Un visage émacié me dévoile ses crocs. Une main rugueuse s'agrippe à ma cuisse.

Que fais-tu ici ?

Je cherche Zalamit.

Qui es-tu ?

Je suis Mirak.

Il me serre dans ses bras.

C'est moi. Pardonne-moi, vieil ami !

Il pose sa tête contre mon ventre et se met à pleurer. Il allume la lumière, me montre une chaise. Il farfouille dans un sac et me tend une photo : debout sur un rocher, il brandit un aigle ; moi, les bras ouverts, je regarde sa joie éclater.

Ah, les années d'or ! Ah, la belle vie !

Il soupire. Il se mord l'index. Il me prépare une tisane et raconte :

Il y a quatre ans, notre jeep est tombée dans un guet-apens et les salauds nous ont tiré dessus. Une rafale m'a cisaillé une jambe.

Il me montre son cou et son épaule.

Touche, mon ami, touche. J'ai encore dans la chair des morceaux de plomb. Ce sont mes médailles.

Il a un rire saccadé.

J'espère que tu n'as pas peur de moi. J'ai l'air d'un zombie avec ma jambe coupée.

Je le rassure.

Il se mord l'index de nouveau.

Son geste m'intrigue. On dirait un chien bâtard qui a faim.

Ce tic, c'est toute une histoire. J'ai surveillé avec un collègue deux terroristes, pendant des mois. Ils venaient prendre leur petit-déjeuner dans un café en bas d'un immeuble vétuste. Ils voulaient enrôler les jeunes. Leur cible, c'était les désœuvrés. Ils les gâtaient en leur donnant des livres religieux et du haschisch. Ils ont réussi à soudoyer deux tarés. Avant de les faire monter au maquis, ils ont exigé d'eux qu'ils tuent un homme. De préférence un médecin ou un journaliste. Le jour où les deux imbéciles s'apprêtaient à passer à l'acte, nous sommes sortis des toilettes et nous avons bondi sur eux, leur avons collé un pistolet sur la tempe. Ma proie, c'était un nain roux qui avait des yeux qui lui sortaient de la tête. C'était une sorte de gecko ou de serpent à sonnette. Il était ingambe et sûr de lui. À peine mon bras l'avait-il immobilisé qu'il a tenté de dégoupiller une grenade. Pris de panique, je lui ai fait éclater la cervelle.

En rendant l'âme, il a enfoncé ses dents dans ma phalange, m'a mordu jusqu'à la moelle. C'était atroce. On a failli être obligé d'utiliser un outil mécanique pour desserrer ses mâchoires.

Il se gratte le doigt.

Je fais tout le temps des cauchemars, Mirak. Chaque nuit, des bêtes géantes, armées de cornes et de ventouses, viennent me martyriser les mains et les yeux. J'en ai marre. Je vis l'enfer, mon frère.

Il lève sa tasse. On trinque. Je bois. Il ouvre une boîte et en sort une cartouche. Il me l'offre. Il me suggère de la porter autour du cou.

C'est sacré. Ça guérit les possédés et ça protège des mauvais sorts.

Je me lève et lui caresse la tête.

Tu pars déjà ?

C'est l'heure.

Quelle heure est-il ?

Je sais pas.

Tu ne veux pas écouter la suite ?

Je reviens bientôt.

Sûr ?

Si Diable le souhaite.

Il esquisse un sourire, mais l'efface aussitôt. La joie n'est pas son fort. Il froisse la photo. Je tire sur le loquet. En repassant la porte, je m'érafle la nuque. Je profère un juron.

Les poussins de ma mère grandissent. Leurs plumes poussent et remplacent leur duvet. Ils sont bizarres. Ils sont heureux. Ils barbotent dans la gadoue. Le coq est monté sur le toit de la basse-cour. Il chante un refrain de sa voix éraillée. Il me rappelle le coq de mon enfance. Alors que je revenais d'un mois de vacances chez ma tante, ma mère, pensant bien m'accueillir, a sacrifié le volatile pour me préparer un couscous. Elle me l'a annoncé avec joie sur le seuil de la maison. Choqué, je l'ai griffée en la traitant de tueuse.

Ah, que j'ai été ingrat ! Il est trop tard maintenant pour me faire pardonner.

35

Le concert des mouches et des moineaux me réveille tôt ce matin. Ça m'est égal. J'ai l'acte de décès de ma mère à faire. Dans un coin de la salle de bains, des fourmis s'acharnent sur un ver de terre. Tout à côté, dans le trou d'un parpaing, un crapaud fait semblant de dormir, la bouche ouverte. Les fourmis escaladent sa langue. Il ferme la bouche et les gobe. Ah, la belle organisation de l'existence ! On dévore et on se fait dévorer. Insectes, bêtes, humains, tous des prédateurs !

Je tartine ma barbe de mousse. Je la rase avec une lame Gillette. Je suis maladroit. Je m'égratigne le cou, le menton et la joue. J'arrête les saignements avec des bouts de mouchoir. Je me souviens quand, âgé de trois ans, j'ai failli me couper le cornichon. Après avoir fait mes besoins comme un grand, j'ai fermé ma braguette et me suis coincé le prépuce. N'ayant pas d'autre choix, ma mère a tiré fort sur la fermeture éclair, et le sang a giclé. Elle a improvisé une compresse et m'a porté chez un voisin qui m'a conduit à la clinique. Un copain m'ayant prêté sa gandoura et son fez, ma mère a invité ses amies et a organisé une cérémonie de circoncision.

Je descends vers le pont et fais de l'auto-stop. Un camion de ramassage scolaire me prend. Je parle un peu de ma mère avec le receveur. Puis je me replie sur le banc. Je me revois collégien, la main accrochée à une barre, jaspinant comme une perruche. Je revois ce chenapan qui me bousculait chaque fois que le camion négociait un virage. Ah, les années de misère ! Par temps de pluie, l'eau traversait les trous et tombait sur nos têtes. En été, on suffoquait comme des poulets sous la bâche. Je me cachais sous le banc pour éviter de payer ma place. Les garnements riaient de moi quand je m'affublais d'un kimono faute d'avoir une veste chaude. Un jour, j'ai brisé d'un coup de poing la dent d'un élève taquin. Le receveur m'a puni en me débarquant sur la route. Le soir, ma mère l'a retrouvé et l'a sermonné.

Je me souviens lorsqu'un galopin a attrapé un chacal dans la forêt toute proche. Il l'a suspendu à une branche de sapin, l'a brutalisé avec un gourdin avant de lui préparer un bûcher. Ah, ces cris stridents que la bête a poussés quand sa chair s'est embrasée !

Le receveur appuie sur l'alarme, et le camion s'immobilise. J'entre dans la cour de la mairie et admire le raïs dans son cadre. Je prends un couloir décrépit et me dirige vers le hall. Un troupeau d'hommes est agglutiné devant un bureau vitré. Un jeune à la pommette balafrée me tend un ticket. Je le prends.

Ah, tu es aimable.

Il grimace. Je souris. Je fais quelques pas. Il me suit. Je me retourne. Je vois ses lèvres qui frémissent.

As-tu un problème ?

Ce n'est pas gratuit. Je veux mon pognon.

C'est payant ?

Deux cents dinars si tu veux avoir ton papier aujourd'hui.

Je viens pour un acte de décès.

Pas d'exception. Toute la paperasse est payante.

J'écarquille les yeux.

On dirait que tu viens d'une autre planète.

Il époussette ma chemise.

Je sors mes griffes.

Ne me touche pas !

Il me dévisage avec dédain.

Descends sur terre !

Fous-moi la paix !

La foule se retourne. Il saisit mon poignet.

Redonne-moi le ticket !

Je lui crache à la figure. Il m'étrangle. Je me débats. Les gens nous regardent. Comme des chiens, ils salivent. Je lui donne un coup de genou qui lui écrase les couilles. Il me relâche. Je le retiens. Deux gardiens de la paix arrivent. Ils me laissent partir après un interrogatoire.

J'allume une clope. Je musarde dans la bourgade. J'arrache du livret de famille la page où figure le nom de ma mère. Je la déchire. Ma vie est foutue. Adieu ma mère, adieu mon pays.

36

Enfoncé dans son fauteuil, Zalamit se dore au soleil. Il se râpe l'index avec l'ongle du pouce. Il fredonne un air populaire. Assis sur un chicot d'arbre, je l'écoute. Sa voix, pourtant nasillarde, m'adoucit les nerfs. Je regarde. Je ne sais pas quoi. Je ne sais pas qui. Je m'en fous. Ma mère n'est plus. Les moucherons valsent. Les oiseaux tournoient. Trois femmes reviennent de la fontaine avec un jerrican sur la tête. Elles ont le dos courbé. Elles traînent la patte. J'entends la rumeur de leurs sandales qui raclent la terre. Elles s'arrêtent à l'ombre d'un frêne. Elles poussent des *ouk* de fatigue. Elles versent de l'eau dans leurs mains. Elles se rafraîchissent la bouche.

Tu repars quand en France ?

Je vis au Canada.

C'est kif-kif.

Je ne sais pas.

Tu as ton billet de retour ?

Il a expiré.

Tu vas le renouveler ?

Sans doute.

Quand ?

Dans quelque temps.

Tu pars avec quelle compagnie ?

Ça m'est égal.

Tu as regardé les prix ?

Est-ce que ça en vaut la peine ?

Tu es riche ?

Je ricane.

On n'est jamais riche quand on perd sa maman.

Elle te manque ?

Je sursaute.

Excuse-moi, Mirak.

Je me calme.

Je ne sais pas parler. Je pose des questions stupides. Je suis un rescapé de la guerre civile. J'ai tué des gens. On a failli me zigouiller.

Il se frotte l'index contre sa barbe.

J'ai vécu la géhenne, Mirak. J'ai échappé à plusieurs embuscades. J'ai tué des moudjahidin dans les maquis, en ville, dans les gourbis, dans les marchés. Je me suis amusé, mon frère. Je me suis déguisé en terroriste, en femme voilée, en imam et même en prêtre, dans tous les accoutrements possibles.

En prêtre ?

Des chrétiens nous avaient informés qu'un groupe salafiste voulait kidnapper leur pasteur. On a ourdi un plan spécial pour capturer ces crapules. Le pasteur m'a prêté ses vêtements et je suis allé me poster chaque matin devant l'entrée de son église. Pendant plusieurs semaines, je jouais l'appât tandis que mes collègues surveillaient les véhicules banalisés garés autour.

Tu n'avais pas peur qu'on t'abatte ?

Non, on savait de source sûre qu'ils voulaient capturer le religieux vivant. Ils voulaient l'utiliser pour faire parler d'eux à l'étranger.

Ils sont malins.

C'est normal, ils ont étudié les soixante *hizbs* (chapitres du Coran).

Leur coup a foiré, alors ?

Ah, si tu voyais comme ils tombaient ! Comme des grives piégées, camarade !

Il gratte son doigt contre la roue du fauteuil.

Tu veux faire une balade ?

Ça me fera du bien, Mirak. Ça fait plus de deux ans que je n'ai pas quitté la maison.

On va aller où ?

Où tu veux.

Je pousse son fauteuil. Je prends la direction du cimetière pour aller prendre des nouvelles de ma mère. Amusé, mon bidasse se met à fredonner un *acewwiq* (complainte).

Le temps est crétin. Le soleil défait les nuages. Ma peau pisse de l'eau. Une épine me fait mal au pied. Je fais le courageux. Je ne l'enlève pas. Qu'elle me crève le talon ! Chante, mon ami, chante ! Tu as une voix âpre. Elle me soulage. Continue. Ne t'arrête pas. On arrive bientôt au cimetière. On parlera à ma mère. Ce chemin, c'est le désert. Ni ânesse. Ni vachette. Ni chevrette. Ni cabot. Ni bousier. Ni fiente.

Il n'y a qu'un criquet. Apeuré, il gigote. Mon compagnon l'attrape. Il l'écrase entre ses doigts. Son geste l'amuse. La vie ne tient qu'à une pichenette. Il le sait. Il ne philosophe pas. À quoi bon ?

Sur les bords du sentier, tout est ingrat. Les pierres sont pointues. Les fleurs, mortes. Les buissons, dépecés. L'herbe est revêche.

Là, un lézard fait une sieste à l'ombre d'un caillou. Là-bas, une colonne de fourmis dégringole d'un trou. Pah ! Un oisillon chute d'un chêne. Comme un fruit pourri. Sa tête s'écrase contre un roc. Il pousse un cri. Il est raide. Il a les ailes comme les bras de Jésus. Zalamit le saisit. Il souffle dans ses plumes. Il lui mordille le dos. Il s'esclaffe. Il le jette dans les ronciers.

Ici, en été, la mort s'offre aux passants. Elle s'immisce dans la routine. Elle prend possession des gens. Tout le monde est possédé. À quatre heures, on cherche midi. À minuit, on perd la tête. On s'agite. On se triture les cheveux. On se gratte la raie des fesses.

Un bouton de ma chemise tombe. Je ne le ramasse pas. Le bout d'une ronce m'érafle le torse. Je sens l'odeur du sang. Je perçois un souffle. Est-ce un animal ? Un sanglier ? Un chacal ? Non, c'est une genette qui bondit. Elle a un poussin dans la gueule. C'est celui de ma mère. Je ne la poursuis pas. Elle a faim, la misérable. J'observe un faucon qui plane. Il danse comme un avion de papier. Il nous nargue. Mon ami joue au chasseur. Avec son bâton, il vise le rapace. Soudain, le fauteuil vacille. Il tombe à la renverse. Les roues se détachent du dossier. Le bidasse mange la terre.

Il pousse un râle. J'ai mal au poignet. Il a mal au cul. Je ne dis rien. Il sourit. Ses mâchoires saignent. Je lui porte secours. Je l'aide à se relever. Nous marchons en scorpion, mon bras sous son aisselle et sa jambe coupée se balançant dans le vide. J'ai les narines bouchées. J'étouffe. J'ouvre la bouche pour respirer. Les lèvres, les dents, la langue, la luette et les amygdales sont sèches. L'été est la saison de la démence et de la puanteur. J'ignore tout de mes douleurs. Je ne sais rien de mes délires. Qui m'a parlé ? Mon ami ? Mes fantômes ? Mes ennemis ? Les morts ? Les vivants ? Soudain, un bruit. Je vois un gosse qui s'apprête à sauter du toit d'une bicoque.

Non, ne fais pas ça, mon petit ! Tu vas te faire mal. Descends en sécurité.

Il tire la langue. Il nous montre un pigeon qu'il vient de capturer.

C'est une colombe, vous la voulez ? C'est pour la griller. J'ai faim. À la maison, on ne mange pas de viande. Mon père ne fait plus de courses. Ses poches sont vides.

Il nous suit. Il se met à déplumer la colombe vivante. Ses lèvres sont empreintes de malice et de violence. Il écarquille ses yeux de voyou.

Et l'oiseau qui souffre, qui pleure. Et Zalamit et moi qui regardons la scène, médusés.

Des chats de gouttière nous encerclent, excités. L'enfant leur fait des grimaces avant de saisir une poignée de cailloux. Il les frappe.

Dégagez, félins de misère ! Si vous insistez, je vous trancherai la gorge.

Une fois l'oiseau dépouillé, il tape des mains et le relâche dans le sentier.

Regardez ma colombe comme elle sait danser !

Ô pauvre bête qui frétille, qui couine, qui flanche ! Il s'esclaffe, la ramasse et s'en va en courant.

Lorsque Zalamit et moi atteignons le cimetière, éreintés, nous nous effondrons sur la tombe de ma mère. Nous dormons longtemps, grisés par le chant des grillons et des oiseaux.

Au réveil, je saisis une motte de terre. Je la défais. Les particules sont délicates. Elles tombent sur mes genoux. Zalamit sourit. Je me souviens de ce que ma mère a dit lorsqu'elle a appris la mort d'un paysan au village : Celui qui sait travailler la terre avec amour obtiendra son indulgence.

Ma mère était une montagnarde. Elle façonnait l'argile. Elle en faisait des poteries. Je n'ai pas peur pour elle. Elle ne souffrira pas dans sa tombe. Elle est retournée à la terre qu'elle aimait tant.

37

Je suis en face de l'université. Je prends place sur une terrasse. Je commande un café crème et un croissant. Je parcours quelques sottises dans un journal. Je le donne à mon voisin qui se jette immédiatement sur l'horoscope.

Il me confie :

Je suis vierge. Au sens propre et au figuré.

Je fais une grimace. Je ne veux pas de sa compagnie.

Et toi ? Scorpion ? Capricorne ?

Cheval.

Ah bon !

Cheval en rut.

Il fait semblant de sourire. Il est dérouté. Je ne suis pas d'humeur à discuter avec un puceau. Il pivote sur sa chaise et se met à griffonner avec rage les mots croisés.

Je grille une cigarette. Je regarde le campus universitaire. Ah, les années d'or et de braise que j'y ai passées. C'est ici que j'ai aimé jusqu'au déséquilibre. C'est à l'ombre de ce sapin que j'ai offert *Les fleurs du mal* à ma rosière. C'est ici aussi que j'ai commencé à lui écrire des poèmes boiteux. Je me rappelle le premier baiser que je lui ai maraudé derrière la bibliothèque. Elle était rouge d'excitation. Elle savait se laisser mordre la bouche en geignant. Elle aimait mes doigts qui dansotaient sur sa nuque et mes lèvres qui pinçaient ses tétines. J'aimais son souffle qui cafouillait quand le désir menaçait de la secouer. Ah, ces étreintes en cascade que l'on se donnait au sous-sol jusqu'à tard dans le crépuscule ! Je me souviens de ce concierge qui nous a surpris et nous a mis dehors en nous menaçant de prévenir le rectorat. Elle l'a supplié de lui épargner cela, car si son père était au courant, il lui couperait la tête.

Quelqu'un me hèle.

Mirak ! Mirak !

Je ne réponds pas. Je ne le connais pas. Sa tignasse, sa maigreur et ses lunettes bon marché m'intriguent. À mesure qu'il s'approche, je devine ses traits. Deux choses en lui deviennent familières : ses jambes cagneuses et sa barbe rousse. C'est mon copain de chambre de l'université. Je serre sans conviction la main qu'il me tend.

Je constate qu'elle est décharnée et dépourvue de deux doigts. Je la relâche aussitôt.

N'aie pas peur, acolyte ! C'est moi-même qui me suis coupé les phalanges dans une fabrique de clous. Ingénieur en génie civil, je bossais comme un vaurien ! Je n'ai pas supporté l'humiliation. Je suis digne, moi. Ici, tout le monde est corrompu. Je profite, moi aussi. J'ai obtenu une indemnité à vie. L'Algérie a des puits de pétrole.

Je ne reconnais pas mon ami. Quelque chose s'est rompu dans sa tête.

Tu reviens du Canada ?

Je fais oui du menton.

Il me toise.

On dirait pas. Tu es comme moi : mal coiffé, mal vêtu.

Je le regarde sans rien dire.

Excuse ma franchise. Je parle comme je chie. C'est le naturel qui coule. Le reste, comme le sang, coagule.

Tu deviens philosophe ?

Excité par la remarque, il s'agite.

Bientôt, j'accoucherai d'un bouquin. J'en ai déjà trouvé le titre : *La prophétie des imbéciles.*

Il étale son sourire édenté, comme une fausse note.

Je mettrai à nu nos politicards et nos galonnés. Pour sûr, je leur pisserai à la gueule. Quant à la société, je la profanerai. J'écrirai une histoire qui fera perdre le sommeil aux martyrs. Il faut que ça gicle, acolyte ! Je ferai de toi un personnage haut en vacarmes. Je raconterai tout. Te rappelles-tu les soirées passées à la cité universitaire quand tu pleurnichais sur ta dulcinée ?

Il se gratte la calotte.

Sais-tu ce qu'elle est devenue, cette… ?

Je soupire.

Son banlieusard l'a larguée. Lorsqu'elle est revenue dans son village, sa famille l'a rejetée et l'a mise à la porte.

Mon cœur palpite.

Elle est où maintenant ?

Quelque part dans une maison.

Je me lève.

Quelle maison ? Quel village ? Quelle ville ?

Je ne peux pas te le dire.

Je serre les poings.

C'est secret.

Je l'attrape par le torse.

Vas-y ! Dis-moi où ? Parle !

Le voisin et le serveur nous regardent, ébahis. Après avoir hésité, il m'annonce :

Dans une maison de tolérance. Je te conduirai si tu le souhaites. C'est à quelques bornes d'ici. On prendra un fourgon.

Je le serre dans mes bras en lui enfonçant mes ongles dans le dos.

Le fantôme de Nora surgit du passé. Je sens ses odeurs. Je perçois ses pas. Elle est en ville. Elle est dans la foule. Elle est encore en moi. Mon ami me parle. Je ne l'écoute pas. Mes oreilles sont sourdes. Mes yeux, brouillés. Je revois ces jouvenceaux voyeurs qui se masturbaient dans les fourrés pendant que je lui prodiguais des caresses. Nous les chassions à coups de pierre. Je me souviens… Ah, je ne veux plus me souvenir ! La fin… oh, la fin, cette énigme ! Je ne sais comment le dire. L'amour court comme le feu. Il s'essouffle comme la tempête. Un jour de grisaille, j'ai perdu les traces de ma pucelle. Un beur de Paris avait demandé sa main. Ils ont convolé en noces incertaines. J'ai passé des mois à chercher ses empreintes. À fouiller ses parfums dans mes chemises. À reproduire ses baisers sur ma peau. À dessiner son visage dans ma chambre. Ah, que j'ai bu, fumé et pleuré ! Je criais, tapais dans les murs et brisais la vaisselle. Mes nuits étaient des volcans. Pour les calmer, je devais avaler des somnifères. Une fois, alors que j'avais dormi trois jours de suite, ma mère a cassé la porte. Elle m'a balancé un seau d'eau sur la tête pour me réveiller et a crié : J'ai enduré le calvaire de ton père et je suis encore vivante… mais, toi, tu vas finir par m'achever !

Un matin, je me suis confié à elle. Elle est devenue ma psychologue. Elle m'a aidé à traverser ces moments de chagrin et de folie.

38

Le portier qui nous accueille au lupanar est une sorte de bœuf rare, charnu et tatoué. Avant de nous faire payer l'entrée, il nous déleste de nos cartes d'identité. Il nous conduit dans un coin retiré où nous commandons un pichet de bière. De là, camouflés par des tentures, nous pouvons admirer les déhanchements de deux danseuses qui se frôlent sur la musique raï. Le comptoir est bondé. Des hommes en rut, les braguettes tendues, fument en se léchant les moustaches.

En face, une putain rondelette est assise sur les genoux d'un sexagénaire aux mains baguées. Il lui fait boire un cocktail en la bichonnant de baisers sur la nuque. À gauche, une autre, bottée et vêtue de latex, joue au bras de fer avec quatre éphèbes. À droite, un vieux, coiffé d'un chapeau de paysan, séduit une blonde oxygénée en glissant un billet de banque entre ses nichons.

Çà et là, on se frôle, on s'asticote, on jaspine, on croque des pistaches et des cacahuètes. On avale des alcools forts, on s'excite, on s'amuse, on rit. Ça sent le foutre et le vagin mouillé.

Une dizaine de filles s'agitent entre les tables et les fauteuils. Je n'en connais aucune. Mon ancienne copine a dû s'absenter. Ou est-ce mon copain qui a menti ? Tout est possible. Il n'a pas toute sa cervelle. Je vide une autre pinte. Je lui propose de partir. Je vais aux toilettes. Je bouscule dans la pénombre une fille, manque de la faire tomber. Elle se frotte la tête. L'ai-je blessée ? Je lui propose un verre. Elle refuse. Je sors un billet. Elle le froisse. Je lui montre une liasse. Elle me l'arrache des mains.

Suis-moi !

Je veux me sauver. Elle m'attrape par la ceinture et m'entraîne de force. On prend l'escalier. Il fait noir. J'ai peur.

Tu m'as fait mal. Tu vas le payer.

Je ne réponds pas. Je suis ensorcelé.

Dans la chambre, la lumière nous dévoile. C'est Nora. On se reconnaît. On se tait. On se pousse. On se méprise. On ne se regarde pas dans les yeux. On a honte. Elle tente de fuir. Je l'attrape. Elle pleure. Je ris. Elle est une garce. Je suis un monstre. On se toise. Elle se fâche. Je me recroqueville. Elle me fait asseoir sur le lit. Elle déboutonne ma braguette. Je proteste. Elle me griffe le bas-ventre.

Laisse-moi te baiser! C'est toi qui l'as cherché, Mirak!

Sa violence m'hypnotise. Elle me bloque les jambes sous ses bras et se met d'emblée à me triturer le sexe. Je ferme les yeux et m'agrippe au drap. J'ai mal. Je vagis. Elle me mord le gland. Elle m'écorche les fesses. Je souffre. Mais je ne dis rien. Je suis fou. Je suis en manque. J'ai besoin de brutalité. L'amour, c'est bestial ou ce n'est pas. Les pensées s'évaporent. Les odeurs jaillissent. Nos corps se tortillent. Ils jouent au serpent. Ils se mordent. Ils crachent du venin.

Vas-y, baise-moi, ma petite chienne!

Elle part dans un rire démoniaque. Elle est en flammes. Elle se débarrasse de son bustier. Elle balance ses cuissardes et sa jupette. Ses seins sont boursouflés. Ses tétines sont comme des fraises, gorgées d'eau et de soleil. Son regard vicieux me promet des plaisirs sulfureux. Je ne sais pas à quoi elle joue. Elle me coince davantage les cuisses. Je redresse la tête. Un liquide visqueux coule de sa bouche. Elle bave. C'est une louve qui a la rage. Elle s'agrippe à ma poitrine. Elle me comprime les tétons tout en me suçant le phallus. Puis elle se lève. Comme une salamandre, elle exécute une danse. Je contemple sa toison entre ses cuisses. Elle me désigne du doigt. Je suis sa proie. Elle a encore soif. Elle se jette sur moi. Elle me déshabille avec férocité. À quatre pattes, elle m'offre son vagin moite. Je lui lèche le pubis. Je lui mordille le clitoris. Elle taquine mes poils. Elle me gratte la prostate. Sa sauvagerie me grise. Sa perversion me magnétise. Elle me met un doigt dans le cul. J'ai mal. Elle se moque de ma douleur. Je me laisse faire. Je m'abandonne à ses caprices. Soudain, elle sursaute. Elle change de position. Elle me chevauche. Je crie. Elle me muselle. Elle me tient par le cou. Elle m'étrangle. Je suffoque. Je me débats. Elle me gifle. La salive cascade encore de ses lèvres. Je la bois. Je suis tétanisé. J'ai les yeux exorbités. Je vois des étoiles. Je tressaille. J'éclabousse ses entrailles. Je m'évanouis.

T'en as eu pour ton flouze, mon petit Mirak. Je ne fais jamais ça aux autres clients. Tu es privilégié.

Je ne sais si je rêve, ou si j'hallucine. Je me frotte les yeux.

Vite, habille-toi ! On n'est pas au Sheraton.

Sa voix autoritaire me réveille. Je me mets difficilement sur mon séant. J'enfile mes vêtements. Elle s'asperge de déodorant dans le coin réservé à la toilette. Elle soulève sa chevelure.

Je repère une cicatrice sur sa nuque. C'est une morsure de chien. La trace des dents y est encore gravée. Mes souvenirs s'entrechoquent.

Nora ! Ma pauvre Nora ! Le temps a fait de nous des bâtards !

Je la fixe dans les yeux. Je la traque. Je la menace. Elle a peur. Elle s'érafle la poitrine. Je lui donne une claque. Elle bondit et sort en hurlant :

Au secours ! Il m'a violée ! Il veut me tuer !

Ses cris me clouent sur place. Trois gaillards entrent. Ils me rouent de coups. Ils me brisent les côtes et la mâchoire. Ils me ligotent et me balancent dans le coffre d'une voiture. Ils me conduisent loin. Ils me jettent dans un fossé.

Où es-tu, maman ? Où es-tu, mon âme salvatrice ? Les hommes de mon pays sont devenus fous. Les chacals rôdent autour des fourrés. Ils ont faim. Je devine leur souffle. Les rapaces s'approchent. J'ai peur qu'ils me dévorent les yeux.

39

Un chiot me trouve dans le fossé. Ses coups de langue sur mes orteils me réveillent. J'ai la bouche déformée, ensanglantée, attaquée par des fourmis. Mes joues sont gonflées. Mes paupières collées. Je tente de bouger une jambe. Un éclair explose dans mon crâne. Une douleur monte de mes fémurs, secoue mes vertèbres et mes côtes. Elle me broie la nuque. Elle me pulvérise la tête. Je pousse un cri. Le chiot glapit sur la route. Un chauffeur de camion s'arrête et découvre ma carcasse. Il me conduit avec le chiot à la ferme d'un de ses amis.

Une main passe une serviette mouillée sur mon front. Je soulève la tête.

Ne bouge surtout pas!

J'ouvre les yeux. Je vois un toit en tôle ondulée. Il est recouvert de suie et de toiles d'araignées.

Où suis-je? Qu'est-ce que je fais ici?

Tu es chez moi. On t'a emmené pour des soins.

Je ne suis pas malade.

Tu parles ! Tu as perdu plusieurs fois conscience.

Qui a fait ça ?

Ce n'est pas à moi de te le dire. C'est toi qui as reçu les coups.

On m'a frappé ? C'était où déjà ? Je me souviens, oui. Un lieu où l'on vend de l'alcool et du vagin.

Les proxénètes sont prêts à tuer pour défendre leur bifteck.

Je vais me venger !

Il s'esclaffe.

Un conseil d'ami : éloigne-toi d'eux. Change de ville au plus vite. S'ils te croisent, ils te passeront de nouveau à tabac. Ils aiment bomber le torse. Faut dire qu'ils ont tous un haut gradé dans leur entourage. Mais, pour l'heure, tais-toi. Tu as besoin de repos. Efface-les de ta mémoire.

Le lendemain matin, je parviens à m'asseoir. En me voyant, le fermier pousse un soupir de satisfaction. Il m'apporte un bol de lait et un morceau de pain beurré. Il se laisse tomber sur un sofa crasseux. Il m'examine en caressant la tête du chiot. Sa chevelure frisottée lui dégringole jusqu'aux épaules. Il est imberbe. Il a un œil cousu et des dents de lapin. Je suis dérouté par son apparence. J'ai du mal à lui donner un âge. Trente ? Quarante ? Cinquante ? Tout en lui est mystérieux.

Moi, c'est Mirak. Et toi ?

Ah, la question qui tue ! Je n'ai pas de prénom.

Ton nom de famille ?

C'est compliqué, jeune homme. Appelle-moi seulement *monsieur.* J'aime l'anonymat. Ça facilite les choses.

Es-tu infirmier ?

Je bricole un peu. Je sais manipuler les seringues. Je sais coudre les plaies. J'ai fait des études de médecine que je n'ai pas terminées. J'ai décidé de vivre dans cette ferme. Le statut de docteur était trop élevé pour ma petite taille.

As-tu des animaux ?

Oui, toutes sortes de bêtes. Veux-tu qu'on aille les voir ?

Je fais oui de la tête.

Il va me chercher une béquille et m'aide à me relever. Je réussis à traîner les pattes.

Dans une allée, nous voyons une ânesse, des poules, des lapins, des dindons, des tortues, des scorpions, des hérissons, des serpents, des chacals, des marcassins… Arrivés près d'une mare, nous observons une pause. Il me parle des grenouilles qu'il y élève.

J'en ai une dizaine de milliers. Je compte les exporter sur la Côte d'Azur.

Il me montre son œil cousu.

C'est un commandant de l'armée qui m'a rendu borgne. Il refusait que je sois l'époux de sa fille. Il m'a traité de sans-savate. Il a imposé un soldat à sa fille. Le jour du mariage, je me suis soûlé la gueule. Je me suis introduit dans la salle des fêtes où j'ai semé la panique. Le père m'a planté un couteau dans l'œil.

Il tente d'arracher l'écorce d'un chêne.

Pourtant elle m'aimait!

Il s'arrête. Il lève la tête vers le ciel. Il me fixe de son œil valide. J'y devine une larme, prête à rouler.

Nous avons vécu beaucoup de choses. À l'époque, il n'y avait pas de téléphone portable.

Pour pouvoir lui parler, je m'étais procuré un talkie-walkie de Hong Kong.

Je souris. Il continue son histoire :

Une nuit, alors qu'il pleuvait des rats, j'ai eu envie de la prendre dans mes bras. Avec des cisailles, j'ai coupé le courant électrique de tout le village. Je lui ai donné rendez-vous dans le jardin de sa maison. Nous avons fait l'amour dans le noir, sous la pluie.

Je ris un peu trop fort. Mes côtes me font mal. Je vacille. Il me rattrape. Nous rebroussons chemin. Il m'installe devant une table. Il me sert un hérisson grillé, une pastèque et quelques canettes.

La bière est de marque Samba. Je savoure son amertume. Elle me renvoie à mon adolescence. C'était l'hiver, et la rivière qui traverse mon village était en crue. En défonçant un entrepôt d'alcool, le courant avait charrié des milliers de canettes. C'était la pagaille. Les parents et les enfants plongeaient dans l'eau, couraient après les bières. Ce jour-là, j'en ai apporté une vingtaine à la maison. J'en ai proposé une à ma mère. Elle a refusé. J'ai insisté en lui disant que cette boisson avait des vertus contre le diabète. Je lui mentais, bien sûr. Elle ne savait pas que la boisson contenait de l'alcool.

Elle l'a bue d'un trait. Ça lui a fait du bien. Je ne lui ai dit la vérité qu'une fois la canette vide. Le musulman ne devrait pas boire de l'alcool. Elle ne m'a pas fait de reproches. Elle m'a dit seulement : *Igenni n Rebbi, ma d tamurt n bab-is.* (Le ciel est à Dieu ; quant à la terre, elle est aux hommes.)

Ayant recouvré mes forces, je demande au fermier de me conduire en ville.

40

Le fermier me laisse à la gare. Il m'offre un sac à dos dans lequel il a mis des cacahuètes, des canettes de bière et des sandwichs. La béquille et le chiot entre les jambes, je prends place sur un bloc de béton. Je guette l'arrivée d'un taxi. Autour de moi, des voyageurs harassés par la chaleur attendent. Il fait un temps étouffant. Le ciel est chargé. Des particules de cendre souillent les toits, les murs et les visages. À la mosquée, l'imam menace. Il invective les apostats. Il promet l'enfer aux adultères. Il entonne un refrain que les fidèles reprennent en chœur : *Orants la nuit* ! *Chevaliers le jour* ! *Allah est grand* ! *Il est notre but. Le Prophète est notre modèle, le Coran notre loi, le djihad notre foi, le martyre notre vœu* ! …

Les gens sont en sueur. Ils courent dans tous les sens. Une foule est attroupée devant un kiosque de fortune où l'on vend des glaces. Sur le trottoir encombré d'objets hétéroclites, de casseroles, de bottes de foin, de jouets, de pneus, de DVD, de rouleaux de tissu, de vélos rouillés, de figues, de canaris, de tournevis, de brosses à dents… un barbu vend à la criée des strings et des collants. À l'entrée d'un immeuble tagué, des jeunes chantent en se trémoussant devant des baffles qui éructent des tubes de rap américain. Ils ont les pantalons au ras des fesses et des colliers en or contrefait. À côté, un peintre chevelu, que personne ne regarde, expose des toiles. Il y a représenté des tours Eiffel, des Cadillac, des Marilyn Monroe et des Che Guevara. Un homme baraqué, le front froissé et la moustache cirée, porte sur l'épaule une tête de bœuf qui dégouline de sang. Un Targui, accroupi sur un tapis, vend des pendentifs, des baumes, des épices et des livres religieux. Un mioche propose aux passants des téléphones portables et des tablettes électroniques. Un autre, des casquettes, des tennis et des montres. Là, des moutons fouillent dans une décharge. Plus loin, des rats grouillent dans des égouts. Le sirocco charrie les odeurs de friture, de fruits avariés et de sacs en plastique brûlés.

Un taxi surgit à folle allure d'une ruelle. Les voyageurs accourent en se donnant des coups d'épaule. Une vieille, bousculée, profère des insultes. Elle ramasse ses tomates et ses pêches écrasées dans la poussière. Le chauffeur, déboussolé, met la musique à fond et démarre en trombe.

Les enfants gloussent et les vieux marmonnent. Une gueuse entchadorée me donne un coup de canne et exige des pièces. Je lui offre des cacahuètes. Elle en croque une et la recrache. Elle me maudit et les éparpille par terre. Sa fillette, pieds nus, surgit de derrière un édicule délabré et les ramasse. Elle m'appelle *tonton* avant que sa mère ne l'attrape. Je n'en reviens pas: ma sœur et ma nièce Dihya font la manche. Elles se sauvent aussitôt et disparaissent dans la fourmilière. Je déterre un caillou avec rage. Je le mets dans ma bouche et manque de fracasser ma mâchoire.

Un pigeon atterrit. Il a quelques phalanges coupées. Il boitille. Sa démarche misérable me console. Il picore les cacahuètes avec méfiance. Il a raison. Les hommes sont des assassins. Ils aiment tuer les oiseaux et les moustiques. Quelqu'un lui lance un caillou. Il s'envole.

Un jeune, qui était adossé à la portière d'un fourgon, vient vers moi en se dandinant. Il enlève ses lunettes fumées et me lance son sourire affecté. Il me propose ses services de taxi clandestin. Je refuse son prix excessif. Il sort ses ruses. Il bafouille.

Aujourd'hui, c'est le début du week-end. Tout le monde rentre chez soi. Il faut se battre pour obtenir un siège.

Il regarde ma béquille. Il feint d'être compatissant. Tous les moyens sont bons pour duper les déshérités.

Les handicapés sont marginalisés dans ce bled. Regardez nos hommes, ils s'agitent comme des fauves.

Je fais une grimace. Il caresse la queue du chiot. Il me donne la main. Il porte mon sac à dos et la bête. Je lui fais confiance, même s'il est jeune, même s'il est faux, même s'il aime le fric. C'est le pays qui a fait de lui un fripon. Je ne doute pas de sa foi. Il me conduira au village. Il m'accompagnera au cimetière. Tant pis s'il rit de moi quand il me verra pleurer sur la tombe de ma mère.

41

Nous nous arrêtons dans une gargote. Nous commandons des anchois. Nous nous installons à côté d'un vieux coiffé d'un béret basque. Les mains plongées dans les tripes de poulets, il siffle un air populaire. Il nous regarde de travers pendant que nous essuyons nos assiettes avec des bouts de pain. Il donne des gésiers à mon chiot en se balançant la tête. Il apporte à la cuisine les abats et revient essoufflé, la bouche pleine de bave. Il fait ses exercices d'asthmatique : il gonfle un ballon en plastique comme le font les enfants pour les fêtes.

Nous tombons sur un groupe de sanguinaires dressant un faux barrage sur la route. Ils y ont éparpillé des pneus brûlés et des pierres transportées de la rivière. Ils sont armés de barres de fer et de coutelas de boucher. Plusieurs d'entre eux sont des adolescents. Ils brandissent des fusils à canon scié et des kalachnikovs. Ils fouillent les véhicules. Ils font descendre les passagers suspects qu'ils mettent à genoux au pied d'un peuplier. Un cagoulé nous fait signe. Nous sortons du véhicule. Il plonge une main dans mon sac à dos, il en tire les canettes. Il les répand par terre et les écrase. Il me gifle en récitant des versets coraniques.

La bière, c'est *haram*, mécréant !

Il sort un sandwich. Il le renifle. Il croque dedans. Il crache. Il grommelle :

C'est de la bouffe pour chacals.

Il le lance dans les roseaux. Le chauffeur tire des billets de banque de sa poche et les donne au terroriste. Celui-ci esquisse un sourire et range l'argent dans un cartable. Il chuchote à l'oreille de son lieutenant qui monte dans notre taxi et démarre dans un vacarme de pièces mécaniques. Mon compagnon se renfrogne. Il sait qu'il ne reverra plus jamais sa voiture. Il parle au chef cagoulé qui lui demande de se taire. Il lui réclame son véhicule en implorant sa pitié. Puis, n'ayant rien obtenu, dans un geste de désespoir, il bondit sur le chef et lui arrache sa cagoule. Je découvre un visage familier mangé par la barbe. Qui est-ce ? Je refuse de le nommer. Il a les mêmes traits que moi. C'est le fils de ma mère. Oui, c'est mon frère. Non, c'est un caméléon. Il est insaisissable. C'est un voyou, un policier, un djihadiste. J'ai le tournis.

La nausée me prend. Je vomis la bière. Quelqu'un me frappe. Je tombe. Mon chiot aboie. Un coup de crosse lui brise le museau. On attrape le chauffeur. On lui scotche la bouche et on attache ses mains avec ses pieds. À moi, on me dit de foutre le camp. Je m'exécute, le sac à l'épaule, le chiot ensanglanté dans les bras.

Plus loin, au détour d'un virage, j'entends l'écho d'une rafale, puis un cri de chacal. Je me retourne et vois frangin agiter un sabre. Je distingue la tête du chauffeur qui roule dans la poussière. Les terroristes se la disputent comme un ballon de foot.

Adieu mon frère, adieu ma mère, adieu ma famille.

42

Je marche pendant longtemps. Mes pieds avalent des virages et des collines. Mes sandales me font mal. Je les mets dans le sac à dos. Le bitume est brûlant. Je me déporte sur le bas-côté. Le chien me lèche les doigts. Il a faim. Je le repose par terre. Il fouille dans le fossé. Il découvre une souris. Il lui donne des coups de patte. Il l'abat. Il me la montre comme un trophée. Je le regarde la déchiqueter. Une fois son repas terminé, il se passe la langue sur les babines. Il se frotte le dos contre mes pieds. Il me devance. Je le suis en boitant. Je lui fais confiance. C'est mon guide.

Bientôt, le village de ma mère. À gauche, je vois une chaîne de falaises qu'a tranchée jadis un engin mécanique. Des graminées et des bouillons-blancs y ont poussé. À droite, des roseaux, des saules et des trembles bordent la rivière. Hormis quelques poches d'eau marécageuse où barbotent des grenouilles, tout est sec.

Des cris me parviennent de l'autre côté de la rocaille, d'un hameau cerné par des flammes.

Des hommes désemparés, le torse nu et barbouillé de suie, cavalent avec leurs bidons dans le lit de la rivière. Le chiot pisse de peur. Il se met à japper. Je lui bloque le museau. Je le serre contre ma poitrine.

À l'entrée du pont, je vois des hommes en treillis. Ils sont armés. Ils pointent leurs canons sur moi. Ils me fouillent les poches et le sac. Ils me posent des questions. Ils me disent des choses extravagantes.

La route est barrée. Aucun véhicule n'y circule.

L'un des hommes vide une boîte de sardines dans un bol qu'il donne à mon chien. Il chuchote à son collègue :

Affame ton chien pour qu'il te suive !

Puis il me regarde.

Quelque chose s'est produit dans la montagne. D'étranges insectes s'attaquent aux oliviers et aux hommes. Notre armée doit les abattre. Mieux vaut faire demi-tour.

J'attrape mon chiot et continue ma route. Je les entends ricaner. Qu'importe s'ils me prennent pour un clochard.

Plus loin, je rencontre une colonne de femmes qui courent avec leurs mioches.

Elles portent des baluchons et des valises sur la tête. Elles me recommandent de retourner en ville. Elles disent que le village n'est pas sûr. J'écrase le goudron qui fond sous mes pieds.

Des oiseaux meurent de soif. Ils tombent du ciel et des arbres.

Plus tard, je vois des voitures calcinées et un tracteur coincé sur le parapet d'un pont. La remorque est renversée. De la semoule et des pommes de terre jonchent la route.

Les corbeaux tournoient. Je sens l'odeur de corps qui pourrissent.

Devant un puits, il y a des flaques de sang frais. Ça ressemble à un abattoir. Des têtes de mouton et des têtes d'âne se contemplent avec des yeux exorbités. Partout grouillent des insectes. J'aperçois une horde de chacals. Ils sont excités. Je me cache dans les ronces.

Grisé par les odeurs, le chiot hurle. Je lui donne une tape sur la tête. Il me mord un doigt. Je le jette aux chacals qui le lacèrent sur-le-champ.

Le village est noyé dans la poussière. Il y a des camions qui ronflent. Des bulldozers qui éventrent les maisons. Des véhicules chenillés. Il y a des pompiers et des soldats qui marchent, en file, au pas cadencé. Ils entonnent un chant de guerre.

Je remonte le sentier qui mène au cimetière. Je marche sur des débris. Je flanche. Je m'agrippe à des fils barbelés. Le sang gicle de mes mains. La douleur est atroce. Çà et là, des bouts de jambes et de bras. Partout, des corps sont pendus aux arbres. Je tombe à nouveau. Tout a disparu. Tout est mensonge. Tout est décombres. Il n'y a plus de village. Il n'y a plus de cimetière. On a démoli la tombe de ma mère. Je m'écroule. Je tombe dans un abîme.

Un bûcheron me trouve en train de ramper dans la montagne. Il me conduit à la clinique la plus proche. Après quelques soins de base, on m'expédie à l'hôpital de la ville. Une infirmière coud les plaies de mes mains et de mes pieds. Émue par mon histoire, elle m'offre une paire de mocassins, un jean et une chemise. Je lui laisse mon numéro de téléphone et mon adresse au Canada. Le lendemain, un autobus m'amène à Alger où je prends l'avion à destination de Montréal.

Adieu ma mère, adieu mon village, adieu mon pays.

43

Je prends un taxi pour rentrer chez moi, dans mon appartement à Ahuntsic. Le chauffeur mâchouille du chewing-gum, me salue avec un accent créole. Il me pose des questions sur mes origines. Je lui dis que je suis Africain. Il éclate de rire. Il ne me prend pas au sérieux. Vu mon teint basané, je serais plutôt Arabe. Je lui dis que je suis Berbère. Il a vaguement entendu parler de ce peuple. Pour lui, tout ça, c'est pareil. Il m'apprend que son footballeur préféré est Zidane. Il se souvient d'un couscous royal qu'il a mangé dans le quartier Saint-Michel. Sa fille veut devenir peintre. Elle dessine des chevaux, des dromadaires et des déserts. Il me parle de sa femme qui prend des cours de danse du ventre. Il met un album de merengue. Il pianote sur le volant. Il me pose des questions sur ma religion, sur mes mœurs. Il m'annonce qu'il est soufi dans l'âme. Bientôt, il se convertira à l'islam. Il me parle de plein de choses. De Dessalines, de Toussaint Louverture, de la révolution haïtienne, de vaudou, de Papa

Doc et de la dictature. Je me recroqueville sur le siège et fais mine de m'assoupir. Il comprend que son discours m'importune. Il change de CD. Dès les premières notes, je reconnais la Diva aux pieds nus. Le timbre de Cesária Évora me rappelle ma mère. J'ouvre les yeux et contemple les arbres qui défilent.

Le chauffeur me dépose devant le café que je fréquente les fins de semaine depuis des années. Un panneau est accroché à la porte. Ouverture prochaine d'un nouveau centre. Description étrange : Tonte et bains pour canins rieurs.

Je toque. Personne ne répond. Quelqu'un crie dans mon dos. Il pousse une canette de coca avec un gourdin.

Viens jouer avec moi au hockey sur gazon !

Il ne me salue pas. Il a des yeux fuyants.

Notre bistrot est fermé pour de bon. On l'a remplacé par un institut où les belles dames feront le toilettage des chiens.

Il me frôle la cuisse avec le bâton. Il me montre une publicité de produits canins sur l'abribus : Qu'elle est belle, la vie de chien !

Il ouvre la bouche. Son haleine sent la charogne. Il m'engueule soudainement. Je ne sais pas pourquoi.

Pars d'ici ! On ne veut plus de toi !

Il lâche un pet. Il continue de malmener la canette.

J'observe un adolescent qui joue avec sa trottinette. Je suis son seul spectateur. Je lui emprunte son téléphone. J'appelle la boîte de design où je travaillais. Après m'avoir fait longtemps attendre, la standardiste m'informe que j'ai été congédié depuis déjà plusieurs mois.

Je ne sais pas si j'ai lâché le téléphone ou si je l'ai remis au jeune homme. Mes sens se bousculent. Je suis perdu. Je cherche ma route. Je veux aller chez moi. Filles de Dieu, fils de diable, aidez-moi ! Où est le train ? Où est le métro ?

Une femme garnie de bourrelets pousse un caddie et mange un hamburger. Elle est essoufflée. Elle transpire. Je lui demande le chemin. Elle me désigne une ruelle, puis un feu, puis un coin, puis une banque, puis un sex-shop, puis un virage.

Dans la station de métro, un témoin de Jéhovah me tend une brochure. Accroupi sur un banc, un joufflu joue du luth en chantant la Palestine. Une femme lui offre quelques pièces de monnaie. Devant un public hilare, un maigrelet fait des gestes de robot qu'il alterne avec des figures acrobatiques. Une vieille caresse la tête d'un hamster qu'elle porte entre ses seins. Je m'effondre sur mon siège et observe deux garçonnes tatouées. Elles se font des tresses en se donnant des baisers.

Mon appartement se trouve au premier étage d'un triplex. La façade a été retapée. Le propriétaire a pris le soin de disposer des bacs de fleurs à l'entrée. J'insère la clef dans l'orifice. Je tourne. La porte ne s'ouvre pas. J'essaie de nouveau. En vain. Je tourne et retourne. La serrure a été remplacée.

Je sonne. J'entends des chuchotements dans l'interphone. Je frémis. Quelqu'un est chez moi. Je perçois des pas feutrés. On prend l'escalier. On ouvre. Un barbu me parle. Je ne saisis rien de ce qu'il dit. Je tente d'entrer. Il me barre le passage. Il rugit en arabe :

Va-t'en ! Ici, c'est chez moi. Va-t'en, sinon j'appelle la police !

Il ferme la porte avec fracas. Les murs tremblent. Le sol manque de se fissurer. J'ai le tournis. Je rate une marche. Je trébuche. Je brise un pot de fleurs.

Je me cherche. Je ne me retrouve pas. Où suis-je ? En Algérie ? Au Canada ? Dans les airs ? Sur la terre ? Suis-je en train de rêver ?

J'insère des pièces dans un téléphone public. Je fais part de ma détresse à mon ami Ronald. Il est très pris par son nouveau travail aux pompes funèbres. Il me promet de m'aider dans quelques semaines.

Je vais dans un jardin. Je m'assieds sur un banc. J'allume une cigarette. Au pied d'un érable, un écureuil écorce un gland. Dans l'aire de jeux, deux vieilles se balancent sur une escarpolette. Sur la piste, un père court avec une poussette. Au coin de la rue, un berger allemand urine sur la roue d'une Nissan.

44

Je passe tout l'automne sous un viaduc, au bord de la rivière des Prairies. Le jour, j'arpente les rues de Montréal. La nuit, je dors dans un sac de couchage. Mais je ne suis pas seul. Je me suis fait de nouveaux amis. Des farfadets et des sans-logis comme moi. Un couple grec, Diogène et Pénélope, Akadjé l'Ivoirien, Zitava la Polonaise, Nadir le Tunisien, Namata l'Autochtone et Alfiero le Sicilien. On fait l'aumône à tour de rôle. On propose nos services aux automobilistes pour nettoyer leur pare-brise. On fume de la marijuana. On boit de la bière. On mange des fruits pourris et des restes qu'on récupère sur les marchés.

À l'arrivée de l'hiver, on se construit un tipi à l'intérieur duquel on allume un feu. On forme une famille jusqu'à ce que la police nous déloge. C'est à cause d'Alfiero. Qu'il est salaud ! Il a déboîté le crâne d'un homme avec un pavé. Celui-ci l'avait traité de sagouin, car il faisait ses besoins dans un parc.

Alors, je squatte dans un sous-sol, rue Saint-Denis. Le temps passe, violent comme un bulldozer. L'alcool coule. Il me broie gueule et cervelle.

Un jour, je me souviens de Ronald. Je l'appelle. Il tente de trouver un prétexte pour éviter de me revoir. Lorsque je lui dis que je souhaite organiser mes futures funérailles, il me donne tout de suite un rendez-vous. Je dois le rejoindre à son bureau. Je parcours des boulevards et des rues. J'ai faim. J'ai les doigts et les orteils engourdis. Je suis ankylosé. Ma course ralentit. Je le trouve en train de nourrir un gros chat au biberon. Il me dit que son matou est aussi futé qu'un gamin. Il m'offre un café. Il m'informe qu'il a arrêté de faire de la musique, me parle de son nouveau métier qu'il affectionne. Il est préposé à l'accueil. Bientôt, il sera promu chauffeur du corbillard. Le patron lui a promis une limousine, des voyages et des cadeaux. Il me montre un dépliant où sont décrites les différentes prestations. Je lui dis que je ne suis pas encore mort. Il rit gentiment. Il me conseille de rédiger un testament. Il me questionne sur mes vœux. Je voudrais être incinéré. Il trouve ça beau. Il rajuste son nœud papillon. J'aimerais qu'une partie de mes cendres soit éparpillée dans l'Atlantique et l'autre envoyée dans une enveloppe au pays de ma mère. Il mord son stylo. Il dissimule un rictus. Il demande mes coordonnées. Je lui donne une fausse adresse. Tout s'achète, tout se marchande. En Amérique, l'homme est un produit comme un autre.

J'ai le nez qui saigne soudain. Je demande à Ronald la salle de bains. Il me désigne un couloir. Les toilettes sentent le luxe. Il y a du marbre, de l'acajou, tout est high-tech. Je me verse de l'eau sur la tête. Je bloque le saignement avec une serviette. Je me regarde dans la glace qui me renvoie brusquement une face. Celle de mon frère. Je fais des grimaces. Mon jumeau fait pareil. Je me retourne et donne un coup de poing. Je brise une vitre. Mes doigts sont écorchés. Mon frère n'est pas derrière moi. Il s'est éclipsé. Non, il ne m'a pas suivi, il est en moi. Je porte son masque d'assassin. Les images ont perdu leur sens. Tout est fuyant.

Alerté par le fracas, Ronald accourt. Il frappe. Je ne lui ouvre pas. Je lui dis de me laisser tranquille. Il insiste. Il introduit une clef dans la serrure. Je bloque la porte. Il me traite de vagabond. Il me menace d'avertir la police. Je le laisse entrer. Il m'insulte de tous les noms de chien. Mais lorsqu'il me traite de fils de pute, je rugis. Je n'aime pas ça. Ma mère est morte.

Il y a un minimum de respect. Je l'attrape par les cheveux et le fais culbuter. Je le coince et lui enfonce le manche du débouchoir dans la gorge.

Mon esprit se fractionne. Mes sens explosent. Je ne suis pas moi. Je suis quelqu'un d'autre. Je suis plusieurs dans un corps étranger. Où est le vrai ? Où le faux ? Où est l'issue ?

On me met en garde à vue. On cherche à savoir si mon acte était prémédité. J'explique que je suis innocent. Le responsable n'a ni visage ni identité. Il faut chercher ailleurs : dans la neige, dans le froid, dans la grisaille. On me dit que je suis cinglé. On me relâche au bout d'un mois. On me conduit chez un psychiatre qui me prescrit des pilules.

Un jour de tempête, j'avale tous mes médicaments.

La neige voltige. Autour de moi, des engins mécaniques s'affairent. Des gens peinent à dégager leur voiture ensevelie. Ils sont emmaillotés dans des manteaux épais. Ils portent des gants et des grands foulards. Ils ont les joues rouges et la bouche qui fume. Ils ressemblent à des spectres.

La neige redouble de folie. Elle fouette les tours et les buildings. Elle agresse les arbres. Je suis pris dans un tourbillon.

Où suis-je ? Où vais-je ? Ailleurs ? Quelque part ? Ici ? Là-bas ? Où ? Quand ? Tous les trajets mènent au chaos, aux soupirs, aux remords, aux chimères, à la raison du plus fou, à la folie du plus fort.

Je titube. Je m'effondre. Quelqu'un me voit. Il s'enfuit. Il ne veut pas m'aider. Il a peur. Je me relève. Je veux gueuler. Pour qui ? Pour quoi ? En ai-je la force ? Qui m'entendra ?

En Amérique, il est des sentences qui crachent sur l'Évangile : chacun pour soi, Dieu pour personne.

Ce pays n'est pas pour les hommes. Il est pour les fourmis, le vent et la grêle. Il est pour la poussière, le chagrin et le gel.

Je continue de boiter. Je danse autour de l'abîme. J'enlève mes vêtements. Ô nudité de chien… bâtard vagabond… squelette abandonné… froid qui cisaille les jambes… qui dévore la chair… qui éteint les yeux… Je vais bientôt crever… Tant mieux… tant pis !

Qu'ai-je à perdre ? J'ai tout dilapidé... jusqu'à ma chair. J'ai tout largué... ma mère, mon père, mon frère, ma sœur, ma patrie, ma langue, ma maison, mon métier, mon village, mes amis, ma sève, mon sang, mes rêves...

Je suis dépossédé.

Désintégré.

Avant, j'étais quelqu'un.

Maintenant, je suis quelque chose.

Postface

Le style mitraillette de Karim Akouche
par Gary Klang

En 2008, un jeune poète, Karim Akouche, venu d'Algérie, débarque à Montréal. Je le rencontre dans une bibliothèque le lendemain de son arrivée et, depuis lors, nous ne nous sommes plus quittés. J'ai tout de suite senti l'immense potentiel qu'il portait en lui, par intuition, ce langage mystérieux de l'inconscient, inexplicable par la raison. Je ne m'étais pas trompé : habité par le chant des muses, Karim s'est tout de suite mis à écrire : poèmes, pièces de théâtre, romans, articles, etc. Il fonde très vite les éditions Dialogue Nord-Sud, dont le nom indique bien ce désir qui le pousse à unir au lieu de diviser, à s'ouvrir au monde au lieu de se replier, à accueillir au lieu de rejeter.

Sa dernière œuvre, *La religion de ma mère,* est un roman totalement original, en ce sens qu'en le lisant on ne pense à rien de ce qui s'est fait avant. J'ai baptisé cette manière d'écrire le style mitraillette, car de la plume inspirée de Karim naît une atmosphère d'une surprenante originalité. Ses mots jaillissent avec la rapidité et la force des balles d'une mitraillette qui ne cracherait pas de l'acier pour tuer, mais des phrases qui ne laisseront personne indifférent. Phrases courtes où tout élément inutile a été éliminé : les adverbes sont rares, les clichés – ennemis des mauvais écrivains – inexistants. Karim a bien compris l'essence de la littérature qui est de trouver un ton et une voix parfaitement adaptés au sujet traité et, dans ce cas précis, à la dépossession, thème central de son roman. Fond et forme, prose et poésie se marient pour exprimer métaphoriquement l'éternelle tragédie de l'être : tout homme est jeté au monde nu et en sort nu.

En plus de cette nudité existentielle, dépeinte comme un vertige, Karim traite de problèmes politiques et identitaires, de l'exil et de conflits entre les peuples et les cultures. Mirak, son personnage principal, est victime de l'absurdité et de la violence de notre temps. Tout lui échappe : son destin, son pays, ses amis, sa famille… Il avait tout et se retrouve sans rien. En un mot, c'est un dépossédé. Mais ne sommes-nous pas tous des dépossédés ?

La religion de ma mère est un roman universel, un miroir qui renvoie au lecteur l'image crue de sa condition humaine.

À une époque où les gens prennent plaisir à se faire exploser, on ne sait trop pourquoi, une époque qui aime la mort et non la vie, un monde complètement désorienté qui ne sait où trouver des repères, il faut lire et relire Karim Akouche. Lui a la clé de cette *parade sauvage*, comme aurait dit un certain Rimbaud.

Achevé d'imprimer en Février 2017
sur les presses de Mitidja Impression,
549, rue Mustapha Djaadi, Baraki, Alger,
Tél. : 023 91 13 04

J'insère des pièces dans un téléphone public. Je fais part de ma détresse à mon ami [illegible]. Il est très pris par son nouveau travail aux pompes funèbres. Il me promet de m'aider dans quelques semaines.

Je [illegible] dans un jardin. Je m'assieds sur un banc. J'allume une cigarette. Au pied d'un [illegible], un écureuil [illegible] un gland. Dans l'aire de jeux, deux vieilles se [illegible] sur une [illegible]. Sur la [illegible], un père [illegible] avec un [illegible] [illegible]

avec des figures acrobatiques. Une vieille caresse la tête d'un hamster qu'elle porte entre ses seins. Je m'effondre sur mon siège et observe deux garçonnes tatouées. Elles se font des tresses en se donnant des baisers.

Mon appartement se trouve au premier étage d'un triplex. La façade a été retapée. Le propriétaire a pris le soin de disposer des bacs de fleurs à l'entrée. J'insère la clef dans l'orifice. Je tourne. La porte ne s'ouvre pas. J'essaie de nouveau. En vain. Je tourne et retourne. La serrure a été remplacée.

Je sonne. J'entends des chuchotements dans l'interphone. Je frémis. Quelqu'un est chez moi. Je perçois des pas feutrés. On prend l'escalier. On ouvre. Un barbu me parle. Je ne saisis rien de ce qu'il dit. Je tente d'entrer. Il me barre le passage. Il rugit en arabe :

Va-t'en! Ici, c'est chez moi. Va-t'en, sinon j'appelle la police!

Il ferme la porte avec fracas. Les murs tremblent. Le sol manque de se fissurer. J'ai le tournis. Je rate une marche. Je trébuche. Je brise un pot de fleurs.

Je me cherche. Je ne me retrouve pas. Où suis-je? En Algérie? Au Canada? Dans les airs? Sur la terre? Suis-je en train de rêver?